Wolfgang Tornow´s
Sei Hartz - Das Märchen von der Arbeitslosigkeit

AF272572

Es gibt mindestens doppelt so viele aktiv Arbeitssuchende, als Menschen in der offiziellen Arbeitslosenstatistik ausgewiesen werden. Arbeitslosigkeit, ein Gespenst unserer Tage. Wer glaubt, man könne Arbeit finden, man müsse nur intensiv suchen, glaubt nur allzu bereitwillig an ein Märchen.

Arbeitslosigkeit ist dabei nur ein Mosaiksteinchen und kann nicht isoliert für sich betrachtet werden. Wie soll z.b. der gegenwärtige Trend langfristig funktionieren: Verzicht auf Gehaltserhöhung, in zunehmendem Maße auch die Etablierung des Niedriglohnsektors, bei steigenden Lebenshaltungskosten und staatlichem Gebührenwahn? Und das in einer globalisierten Welt? Auch Gesundheit, Bildung, Kindererziehung, Älterwerden, um nur einige Lebensbereiche zu nennen, werden für viele Menschen zu einem unbezahlbaren Gut.

Was in der allgemeinen Diskussion zu kurz kommt: Wie sieht es *in* einem Arbeitslosen wirklich aus?

Wie kann man dieses Thema literarisch umsetzen, ohne dümmliches Gemecker und ohne für diese Tage übliches sentimentales Gejammer?

Wie kann man trotz aller schonungsloser Beschreibung und kritischer Betrachtung gesellschaftlicher Veränderungen zum Nachdenken anregen, ohne depressiv zu machen und gleichzeitig unterhalten, ohne albern zu sein?

Fast spartanisch skizziert „Das Märchen von der Arbeitslosigkeit" mit wenigen Pinselstrichen wie es Millionen Arbeitslosen ergeht und zeigt auf, warum jede Reform scheitern wird.

Doch Vorsicht und SEI HARTz! Arbeitslosigkeit ist nicht schön. Daran wird auch dieses Buch nichts ändern. Dieses Buch ist wie die Arbeitslosigkeit: Unvorhergesehen, schleichend und sprunghaft und vor allem voller Fragen. Die in unserer Zeit häufig als gelobtes Land dargestellte Berufswelt erscheint dagegen langweilig. Dem geneigten Leser wird eine gewisse intellektuelle Arbeit nicht abgenommen. Er muss schon 1 und 1 zusammenzählen und dabei auf einen Schätzwert von ungefähr 2 kommen.

Für alle anderen bleibt Arbeitslosigkeit weiterhin ein Märchen.

Wolfgang Tornow, geboren 1966, erlebte nach seinem Studium der Evangelischen Theologie, Pädagogik und Psychologie an der Universität Hamburg Höhen und Tiefen des Berufslebens. Er beschreibt nicht nur seine eigene Erfahrung mit der Arbeitslosigkeit. Das Märchen von der Arbeitslosigkeit ist inspiriert durch die Erlebnisse von mehr als 200 befragten Arbeitslosen.

Wolfgang Tornow´s

Sei Hartz
Das Märchen von der Arbeitslosigkeit

Gewidmet den mehr als 10 Millionen aktiven
Arbeitssuchenden, deren Familien, sowie denjenigen,
die Arbeitslosen immer noch mit Vorurteilen begegnen.

Bibliographische Information der Deutschen Bibliothek:

Die Deutsche Bibliothek verzeichnet diese Publikation in der Deutschen
Nationalbibliographie; detaillierte bibliographische Daten sind im Internet über
http://dnb.ddb.de abrufbar

Umschlagentwurf- und Gestaltung:
smART PRODUCTion, Entertainmedia & Design
Fliederweg 3, D-21255 Kakenstorf

Herstellung und Verlag: Books on Demand GmbH, Norderstedt

Printed in Germany

ISBN 3 – 8334 – 2930 - 5

Inhalt

Anstelle eines Vorwortes

In einem fiktiven Land ereignen sich seltsame Dinge:
Frei erfundene Figuren werden aus heiterem Himmel
arbeitslos. Keiner weiß, warum.

Jeder glaubt, man könne schnell wieder Arbeit finden -
auch hier weiß keiner, warum. Aber der Glaube an das
Märchen von der Arbeitslosigkeit hält jenes fiktive Land
zusammen.

Langsam und schleichend vollzieht sich der soziale
Abstieg in den ersten Kapiteln. Begeben Sie sich auf
spannende Ursachenforschung in den hinteren Kapiteln.

Diese Geschichte ist frei erfunden und Ähnlichkeiten mit
noch lebenden Personen sind somit rein zufällig. Sie
lernen daher gleich den alten Liebesgott Amor von einer
neuen Seite kennen. Er wird Sie durch die weitere
Geschichte begleiten ...

Sei gespannt! SEI HARTz!

I

... es war einmal vor langer, langer Zeit

naja, solange nun wieder auch nicht: Genau vor 1.825 Tagen und 1.826 Nächten. Es geschah in einem sympathisch verträumten Vorort der im Norden von Kartoffelhausen liegenden Millionmetropole Fischhochburg in einer traumhaften und familiären Diskothek.

An diesem verwunschenen Ort sollte der gute alte und inzwischen berentete Liebesgott Amor noch einmal sein ganzes Können der ungläubigen Nachwelt unter Beweis stellen.

Einige Tage zuvor ...

Der pensionierte Liebesgott ging in jenem verträumten Vorort spazieren und überlegte sich, ob er vielleicht auf seine alten Tage noch einen Führerschein machen sollte, damit er künftig nicht mehr zu Fuß gehen musste. Und siehe, er traf auf die Prinzessin, die wieder einmal weinend die Fahrschule verließ.

Amor kannte den irdischen Adel aus seiner aktiven Zeit. Er erkannte die kleine Prinzessin auf Anhieb.

„Hast du etwa deine Fahrprüfung nicht bestanden, kleine Prinzessin? Ist diese Schule so schlecht?"

„Nein, alter Mann. Diese Schule ist so gut, einfach zu gut!", schluchzte sie.

„Ich habe diese Prüfung bestanden, und das leider auf Anhieb". Sie zückte erneut ihr Taschentuch, „auf Anhieb, leider!"

Sichtbar von ihrem Verhalten berührt und irritiert durch ihre Trauer angesichts des eigentlich positiven Ereignisses einer bestandenen Prüfung fragte Amor besorgt nach:

„Ja, mein Kind, warum freust du dich denn nicht über deinen Führerschein? Dann müsste doch alles gut sein, oder etwa nicht? Also: Warum bist du denn nun traurig?"

„Nein, es ist nichts gut! Ich wäre noch so gerne Fahrschülerin geblieben. Ich liebe meinen Fahrlehrer, doch er kann mich nicht lieben, weil er meine Schönheit nicht erkennen kann. Es lastet nämlich ein schwerer Fluch auf mir. Kein Mann vermag meine Schönheit zu erkennen, und das schon seit vielen Jahren."

Sie zückte erneut ihr Taschentuch.

Böse und gemeine Kobolde hatten die Prinzessin bereits in ihrer Kindheit mit einem schlimmen Fluch belegt. Es sollte sich ihr kein Mann nähern, obwohl sie sich nichts mehr ersehnte.

Dieser Fluch war so schwer, dass kein Mann ihre wahre Schönheit erkennen konnte. Schon im Kindergarten wurde sie wegen ihrer Brille von den Jungs gehänselt. Und so schmachtete die kleine Tamara damals im Sportunterricht die großen starken Jungen an, aber die konnten ihre Schönheit nicht sehen, Tamara war ja verflucht.

In ihrer Ausbildung verehrte sie ihre Vorgesetzten, der eine war jung, dynamisch und super sexy. Tamara suchte viele Gründe, sich in seiner Nähe aufzuhalten. Sie ging zum Kaffeeautomaten, wenn er sich einen Kaffee einschenkte, obwohl sie keinen Kaffee trank, und fragte ihn mehr Dinge, als sie es in der ganzen Schulzeit zuvor je getan hatte. Hauptsache, sie war in seiner Nähe. Aber auch der wollte nichts von ihr.

Ein anderer war zwar älter, aber dafür sehr nett. Tamara errötete leicht, wenn sie ihn sah und nutzte jede Gelegenheit, ihn sehen zu können. Sie blieb jeden Abend Stunden länger im Büro, als es von ihr erwartet und bezahlt wurde, nur weil er kein Frühaufsteher war.

Aber alle ihre Bemühungen schienen ihn nicht zu beeindrucken.

Und so ging ein Mann nach dem anderen an ihr vorbei, ohne, dass diese sie als die große Liebe für sich erkannten.

Dabei tat sie doch so viel dafür: Sie schaute am Wochenende Fußballreportagen, Tennis und Formel 1, obwohl sie sich nicht im Geringsten für Sport interessierte, nur damit sie am Montag mitreden konnte.

Sie tat wirklich alles, um Aufmerksamkeit und Zuneigung von den vielen Männern zu bekommen. Hörte sie zufällig Gespräche der Männer über „geile" Frauen, kaufte sie sich die entsprechenden Klamotten. Vergebens, keiner wollte sich mit ihr einlassen.

So kaufte sie sich regelmäßig die schönsten Schuhe der Stadt. Aber kein Mann schien dies zu bemerken.

Auch ihren Fahrlehrer verehrte die junge Prinzessin mehr, als es ihre gute Adelserziehung erlaubte. Tamara weinte große Tränen, als sie ihren Führerschein bestand und besuchte ihren Fahrlehrer, wann immer sie konnte. Aber auch der konnte Tamaras Schönheit nicht erkennen, wie alle anderen Männer, die Tamara je begehrte. Tamara war ja verflucht.

So führte die Prinzessin ein Mauerblümchendasein. Sie war ja so allein und unbeschreiblich einsam. Ihr Herz schien vor Leidenschaft schier zu verglühen.

Es war ein Leben in lauter schönen und romantischen Träumen, und es war ein Leben mit traurigem Alltag.

Amor stutzte. Schließlich war er ein Gott, zwar außer Dienst, aber immerhin ein Gott. Und Götter können ja bekanntlich alles, auch wenn sie schon etwas aus der Übung sind.

„Mein Kind, weißt du, wer ich bin?"

„Nein, alter Mann, wer seid Ihr?", wollte die Prinzessin wissen.

„Ich bin Amor, der Gott der Liebe!", sprach er mit stolz geschwellter Brust und ältlicher Fistelstimme.

„Ihr seid der Amor?", fragte die kleine Prinzessin ehrfurchtsvoll einerseits, durch Amors bierbäuchige Rentnergestalt leicht irritiert andererseits.

„Ich hatte mir Euch anders vorgestellt".

Sie kannte Amor bislang nur aus antiken Abbildungen. „Irgendwie jung und knackig. Und überhaupt, wo sind Eure Pfeile und wo ist Euer Bogen?"

Amor schüttelte seinen Kopf, denn seit Einführung moderner Kommunikationselektronik und himmlischer Datenverarbeitung wurde auch er in den Vorruhestand geschickt. Vorruhestandsregelungen erbrachten enorme Kostenersparnisse, man spricht daher in den Himmeln auch gerne von göttlicher Rationalisierung, sowie von optimierten Geschäftsprozessen.

Die himmlischen Vorruhestandsregelungen sollten das göttliche Image fördern: Denn wer möchte schon gerne von der steigenden Arbeitslosenquote reden, selbstredend einer göttlichen Quote?

Der himmlischen Geschäftsführung des Götterrates war mit ihrer Marketingoffensive *„GÖTTER-ERFOLGREICH-IN-DIE-ZUKUNFT"* gelungen, aus den überalteten Strukturen der jenseitigen Welt eine moderne und eine innovative Aktiengesellschaft zu machen, selbstverständlich nur mit beschränkter Haftung.

Der Liebeshimmel verschießt seitdem nur noch Pfeile per Mausklick, und das auch nur noch virtuell und nur auf Kundenanfragen, die gegen einen im Minutentakt überteuert abgerechneten Anruf über himmlische Telekommunikation den vergebens geliebten Traumpartner zum Abschuss freigeben.

Ebenfalls nach eingehender Unternehmensberatung hatten die Himmel übrigens die nun virtuell schießende Abteilung, wie viele andere, an externe Vertragspartner ausgelagert - Outsourcing.

Outsourcing galt auch in den Himmeln den Göttern als ein seriös geltendes betriebswirtschaftliches Verfahren, mittels dessen man viele unliebsame Pflichten als Arbeitgeber umgehen konnte.

Tatsächlich bietet jetzt jeder virtuelle Pfeil auch genügend Platz für Werbung. Gerade innovative Firmen, besonders große, namhafte Hersteller von Kondomen, Tampons und Babykost nutzten diese Werbeflächen auf den Liebespfeilen besonders gerne und dies überaus erfolgreich.

Die ebenfalls an externe Dienstleister ausgelagerte Kreativabteilung begeisterte die Fachwelt und beglückte die Welt der Paarungswilligen mit ihren markanten Botschaften auf den Liebespfeilen, wie etwa „Ich liebe dich wieder nach deiner Periode, diesmal mit Noppen?" oder „Saubere Girlies haben eine saubere und diskrete Periode. Ich bin besonders diskret!"

Markige Slogans, wie „Viel Spaß in der Liebe wünscht Xxxxx, denn wenn mal etwas daneben geht ... Xxxxx wäscht auch hartnäckigste Flecken jungfräulich rein!", sorgten für reißenden Absatz.

Neuerdings gab es jetzt sogar ein sehr angesehenes Beerdigungsinstitut, dass dieses Sponsoring erfolgreich für unglücklich Verliebte mit suizidalen Anwandlungen nutzte.

Tja, seitdem hatte Amor keine Pfeile mehr verschossen. Er legte seine Flügel ab und seinen altbackenen Look und ging in den wohlverdienten Vorruhestand.

Seitdem trug er nur noch Jeans und Turnschuhe und ging zu Fuß.

Nach einer kurzen Zeit, in der er sich alt, unnütz und irgendwie abgeschoben fühlte, fing er sich wieder und genoss nun die Trivialität des irdischen Daseins in allen seinen Annehmlichkeiten.

Das harte Schicksal der Prinzessin aber weckte seinen alten Jagdinstinkt in ihm, denn er konnte sie nicht weinen sehen. Schließlich war er ein über Jahrtausende von unzählig unglücklich Verliebten gebrauchter Gott. Aber eine hübsche Frau weinen sehen? Nein, das konnte er noch nie. Auch nicht jetzt im Ruhestand. Außerdem fühlte Amor sich jetzt endlich wieder gebraucht.

Und so beschlossen die Beiden am nächsten Wochenende in besagter Diskothek dem Fluch der Prinzessin ein Ende zu setzen und zwei liebe Menschen zusammenzuführen ...

So stand der ältliche Liebesgott a.D. am nächsten Wochenende in der Diskothek jenes so sympathisch verträumten Vorortes mit sportlichem Jogginganzug bestens getarnt hinter einer Lautsprecherbox.

Es war gar nicht so einfach für ihn, seine leicht verstaubten Schusswaffen an den Türstehern vorbeizuschmuggeln. Aber der knuffige und göttliche Frührentner war, was so etwas anging, recht pfiffig.

Und Tamara signalisierte ihm, als Wolle auf der Tanzfläche erschien und ihr adeliges Herz erblühte, „den oder keinen!" Der alte Turnschuhgott wusste, was zu tun war.

Nun hatte er zwar schon lange nicht mehr geschossen und war schon seit etlichen Jahren nicht mehr auf dem himmlischen Schießübungsplatz gewesen.

Aber optimistisch, wie Götter nun einmal sind, spannte er an.

Mit zitternden Händen zielte er auf Wolle und traf dabei zunächst die kleine Prinzessin, die dicht neben Wolle tanzte. Ihr Herz wurde schwer getroffen. Dabei wollte Amor doch erst den Wolle erlegen.

„So ein Mist, du alter Tattergreis!", fluchte Amor und schüttelte über seine Treffsicherheit sein ergrautes Haupt.

Er ging zur Bar und trank einen Energydrink, dieser Drink sollte auch ihm Flügel verleihen. Die Werbung sollte Recht behalten: Amor schwebte wie in alten Zeiten in die Lüfte. Er flog dicht über Wolle, so dicht, dass er ihn nun wirklich nicht verfehlen konnte und so dicht, dass er fast mit seinem Fuß Wolles Kopf trat. Doch Wolle merkte nichts von Amors Manöver, denn Wolle tanzte mit geschlossenen Augen und war in einer ganz anderen Welt.

Der ältliche Frührentner flog mit voller Wucht an die Decke, prallte auf dem Boden auf und verflog sich in der Damentoilette, wo er fast nicht wieder herauskam, dann raste er gegen einen Scheinwerfer und randalierte auf dem Mischpult der DJs. Die Türsteher wurden gerufen. Amor hatte keine Zeit mehr. Er musste sich beeilen, denn sonst würde Tamara auch heute noch keinen festen Lebenspartner gefunden haben.

Tamara unterdessen wunderte sich, warum der ange-schmachtete Wolle sich nicht für sie zu interessieren schien und lange Zeit recht teilnahmslos neben ihr tanzte. Er schaute sie zwar an, machte aber keine Anstalten auf sie zuzugehen.

Zweifel kamen in Tamara hoch. Sollte der Zauber nicht wirken? War sie noch weiter verflucht? War Wolle an eine andere Frau vergeben? War er schwul? Oder hätte sie andere Schuhe anziehen sollen?

Amor spannte nochmals seinen Bogen, zielte und mit einem „Strike, jo jo!" kommentierte er seinen Volltreffer. Er traf Wolle direkt am Kopf, so dass dieser augenblicklich Kopfschmerzen bekam und die Tanzfläche verließ. Aber immerhin: Wolle war getroffen.

Amor flog zu der kleinen Prinzessin. „Du musst dich schnell zu ihm gesellen, weil die nächste Frau, die er sieht, wird ihm nicht mehr aus dem Kopf gehen!", flüsterte er ihr zu.

Die junge Prinzessin errötete. Sie hatte das in ihrer Adelserziehung anders gelernt. „Ich warte, bis er mich anspricht!"

Amor versteckte sich hinter einer weiteren Lautsprecherbox, denn die Türsteher suchten nach dem Randalierer. „Ich habe ihn erwischt. Volltreffer! Aber es ist der Kopf, den ich getroffen habe. Da ist das anders, als wenn ich sein Herz erwischt hätte. Du musst zu ihm gehen, mein Kind!"

„Aber ich habe noch nie den ersten Schritt getan!"

„Dann musst du so lange vor ihm tanzen und ihn dabei anlächeln, bis er auf dich aufmerksam wird, mein Kind. Nun beeile dich, schnell, bevor es eine andere Frau tut, und du dir später Vorwürfe machst, dass du dich nicht getraut hast! Wolle wird dann auf immer dein sein und dich nie vergessen. Du wirst auf immer in seinem Kopfe sein! Sein Herz wirst du schon noch erobern, glaube mir!"

Die Türsteher erblickten Amor und zerrten ihn zur Tür. „Jetzt kommen die Alten schon zum Sterben hierher!"

Die junge Prinzessin, hin und her gerissen, fasste ihren Mut zusammen und bewegte sich auf Wolle zu.

Wolle wollte ein neues Leben anfangen. Er fing gerade an, sich in der für ihn bisher ungewohnten Welt der Diskotheken heimisch zu fühlen und nutzte jede Gelegenheit tanzen zu gehen. Auf Reißertour war er nicht. Nein. Er wollte eigentlich nur tanzen und sich wohlfühlen.

Er traf hier zwar auf sehr viele hübsche Frauen, aber von denen wollte er nichts. Einige waren recht penetrant in ihrer Anmache, was letztlich auf Spielerei hinauslaufen sollte. Dafür war er sich zu schade.

Zu viele Spiele hatte er in seinem Leben gespielt, viele gewonnen und viele verloren. Er hatte keine Lust mehr dazu. Er wollte Ehrlichkeit und Verbindlichkeit. Er suchte nach Liebe und Partnerschaft und nicht nach flüchtigen Bettbeziehungen.

Und da er mit seinen letzten zwei Frauen schlicht auf die Fresse gefallen war, konnte er sich gar nicht vorstellen, dass es noch Liebe gab, wahre Liebe. Eine Frau, die sein Ein und Alles werden würde. Eine Frau, bei der er tief in seinem Inneren wusste, dass er zu ihr gehörte.

Und so beobachtete er das Treiben auf der Tanzfläche und erblickte dabei sie: Seine Tamara. Ein Gesicht, das ihn alles um sich herum vergessen ließ. Ein Lächeln, das ihn wieder an die Frauen glauben ließ. Er war von diesem Gesicht begeistert.

Seine Freunde fragten ihn am nächsten Tag, ob sie eine pralle Bluse und eine geile Figur habe. Er musste beide Fragen mit einem „Ich weiß nicht" beantworten.

Er wusste es wirklich nicht. Er wusste nur, dass sie ein göttliches Gesicht hatte.

Er sah sie und sie sah ihn. Wenn sie lächelte, lächelte er zurück. Er war ja nicht darauf aus, jemanden kennen zulernen. Also blieb es zunächst dabei.

Sie schaute immerzu zu ihm hin und versuchte seine Nummer herauszubekommen. Es war nämlich Flirtparty. In einer Zeit, in der die Menschen verlernten miteinander zu reden, bekam jeder Besucher eine Nummer und somit die Möglichkeit, Briefe an die jeweils gefragte Person zu schreiben.

Ein bemerkenswertes Balzverhalten der Kartoffelhausener. Wollte doch jeder als Individuum wahrgenommen werden und keine anonymisierte Nummer sein.

Wolle hatte keine Nummer. Er wollte nicht spielen. Aber sie ließ nicht locker. Sie tanzte vor ihm und auf ihn zu. Ihre anmutigende Augen strahlten und verzauberten ihn, bis er ihr erlag.

An diesem Tag, an dem Fluch sich in Segen verwandelte, begann für die beiden Leidgeprüften die schönste Zeit ihres Lebens. Dank Amors tatkräftiger Hilfe kehrte in beide Herzen ein, woran sie schon gar nicht mehr glauben wollten: Liebe.

Und Sorgen, dass der Liebespfeile Wirkung jemals nachlassen könnte, hatten die Beiden nicht, noch nicht. Sie genossen, welch himmlische Gefühle sie zuvor vermisst hatten.

II

Gelobtes Land: Berufswelt

Beflügelt von seinen Heldentaten am Wochenende hatte sich Amor, der Gott a.D., nicht nur in der Fahrschule der Prinzessin angemeldet, nein, der rüstige Rentner hatte auch erfolgreich bei einer Partnervermittlungsagentur beworben. Freiberuflich versteht sich, denn wer würde ein so erhöhtes Risiko eingehen, und junggewordene Redbull trinkende Tattergreise fest einstellen?

„Wolle, hat sie Titten?", wollte der Anrufer wissen.

„Ich weiß es nicht, mein Gott. Gibt es nichts Wichtigeres als Titten?", antwortete Wolle. Es war ihm egal, ob und wenn ja, wie viel das Gesicht vom Wochenende oben herum hatte. Auch war es ihm egal, ob sie dick war.

„Ist deine Playstation wenigstens schlank?"

„Mann, du nervst ganz schön!", stöhnte Wolle in den Telefonhörer.

Ihm war ihr Aussehen nicht so wichtig. Er wusste, dass in diesem Gesicht und hinter diesen Augen ein wahrhaft wunderbarer Mensch stecken würde. Ein Mensch zum Verlieben.

Das ganze Wochenende ging ihm dieses Gesicht nicht mehr aus dem Kopf, da halfen auch keine Kopfschmerzmittel.

„Du, ich muss Schluss machen. Weißt du, sie ruft gleich an."

„Was, du hast diesem Mädchen deine Nummer gegeben? Wolle, das macht man nicht. Frauen, die Nummern einsammeln, rufen nicht an. Die sammeln nur Nummern und testen ihren Marktwert. Vergiss die Schlampe und suche dir eine andere zum Zudecken."

Wolle legte den Hörer auf. Nein, sie würde bestimmt anrufen und sie würden sich verabreden. Das wusste er ganz genau. Er war sich ganz sicher, dass er mit dieser Frau durch dick und dünn gehen würde.

Es kam so, wie Wolle es sich wünschte. Sie trafen ihre erste Verabredung ...

Die Kobolde aber, die Tamara ja einst verflucht hatten, ärgerten sich so sehr, dass Amor ihnen nun ihren Spaß genommen hatte, so dass sie beschlossen, jetzt kräftig mitzuspielen ...

Die Beiden bemerkten nichts davon. Diesen Umstand wollten die Kobolde geschickt zu ihrem Vorteil nutzen und schmiedeten sie gemeine Pläne, wie sie die Beiden entzweien sollten.

Sie wussten, wie sehr die guterzogene Prinzessin Unpünktlichkeit hasste. Und so schikanierten sie den armen Wolle, der sich auf den Weg zu ihrer ersten Verabredung machte, so sehr, dass er sich ständig verfuhr. Die Kobolde wollten, dass die Prinzessin gleich den „richtigen" Eindruck von ihm bekäme, und dass sie, vor lauter Verärgerung über seine Unpünktlichkeit, ihm den Laufpass gäbe. Er kam zu spät.

Die kleine Prinzessin wollte schon nicht mehr glauben, dass Wolle noch zu ihr kommen würde. Und sie fror erbärmlich. Ihre für dieses Treffen extra neu gekauften Schuhe hatte sie eher unter modischen Aspekten als aus pragmatischen Gründen gekauft.

Sie hatten sich nämlich an einer verregneten Ampelkreuzung ihres so idyllischen Vorstadtortes verabredet und die Kobolde hatten schlechtes und kaltes Herbstwetter herbeigeführt.

Die Zauberkraft Amors Pfeile war größer als die Neckereien der Kobolde. Tamara stand und wartete und wartete - obwohl sie warten hasste wie die Pest. Sie schaute nach links, kein Wolle in Sicht, schaute nach rechts, und kein Wolle kam. Sie schaute die Uhr an und flehte die Götter im Himmel an, dass ihre Uhr falsch ginge.

Und dann kam er endlich: Amors Volltreffer, zwar zu spät, aber immerhin.

Die Kobolde ärgerten sich, dass sie beim ersten Treffen gegen Amors Macht kläglichst versagt hatten.

„Du bist das größte Arschloch, das ich kenne!", fauchte der eine superbierbäuchige kleine Kobold einen anderen Superbierbauch an.

„Das Ding war doch so easy! Die Tussi hasst Unpünktlichkeit wie die Pest. Hättest du ihr nicht noch mehr in den Ohren liegen können?", und haute ihm mit der glatten Hand in sein pickliges Gesicht.

„Autsch, bist du noch ganz dicht?", lispelte das Pickel-
face.

„War nicht ganz einfach. Da hat Amor wieder ganze
Arbeit geleistet!"

„Amor hatte seine Finger wieder im Spiel?", krächzte der
Dritte unter ihnen sorgenvoll und fuhr sich mit seinen
vergilbten Fingern durch das Fett seiner Haare.

„Scheiße, wir haben mal wieder keine Chance!"

„'Türlich haben wir Chancen! Mann, wir sind doch die
genialen Kobolde", lallte ein Vierter. Und so beschlossen
sie eine neue List anzuwenden.

Das nächste Treffen sollte nicht mehr stattfinden, dafür
wollten sie sorgen. Und so machten sie beide, Tamara
und Wolle, krank. Beide wurden von Fieber, Heiserkeit
und Schnupfen geplagt. Damit sollten sie sich nicht mehr
wiedersehen. Welch ein teuflischer Plan. Weitere Treffen
hätten sie dann einfach zu verhindern gewusst. Es
musste nur ein Anfang gemacht werden.

Aber auch hier war Amors Macht viel groß und mächtig.
Was interessiert Menschen, die so verliebt sind, wie sie
sich fühlen? Keine Krankheit und kein Fieber und kein
schlechtes Gefühl im Magen kann sie entzweien, wenn
sie nur einander wollen.

Und so fuhr Wolle selbst mit 39 Grad Fieber und einem Schal um den Hals zu seiner Tamara, die ihrerseits mit Schal, Taschentuch und neuen Schuhen bestens ausgestattet der Kobolde Streich mutig trotzte.

Sie gingen zusammen essen und konnten sich am darauffolgenden Tag vor lauter Fieber nicht mehr daran erinnern, worüber sie sich eigentlich unterhalten hatten. Aber Amors Pfeile hatten ihre volle Wirkung. Die Beiden wussten, sie gehören zusammen und wussten, sie sind für einander geschaffen.

Die Kobolde überlegten sich unterdessen, ob sie vielleicht in der selben Partnerschaftsvermittlungsagentur anfangen sollten, wie ihr Rivale Amor zuvor. Allerdings forderten sie eine Festanstellung, einen Firmenwagen, sowie die Zahlung eines vierzehnten Monatsgehaltes. Was ihnen allerdings verwehrt wurde.

Auch für hochqualifizierte Fachleute, wie die Kobolde es zweifelsohne waren, war es in Kartoffelhausen um die Jahrtausendwende unheimlich schwer geworden, eine feste Anstellung zu finden. Obwohl der Marketingplan, Angebot und Nachfrage, durch die gezielte Entzweiung der Menschen durch die Kobolde und durch die gezielte Zusammenführung derselben durch Amor, selbst zu bestimmen, dem Geschäftsführer besagter Agentur sehr beeindruckte.

Die kleine Prinzessin aber erlebte für lange Zeit Glück, nach dem sie sich immer gesehnt hatte, und das mit ihrem Märchenprinzen.

Nein, jetzt kommt er nicht, der Spruch "... und wenn sie nicht gestorben sind, so ...", hier gehört er nicht hin, leider. Diese Geschichte würde ja sonst an dieser Stelle mit einem Happyend enden.

Aber diese Geschichte hat ja noch einige Seiten mehr. Denn nachdem die bösen und so gemeinen Kobolde keinen regulären und vor allem gutbezahlten Job bekommen konnten, hatten sie ja wieder viel Zeit für viele gemeine Streiche. Sie hockten wieder zusammen und berieten, wie sie die junge Prinzessin von dem Mann ihrer Träume wegbekommen könnten. Es musste doch einen Weg geben. Nur welchen?

Nachdem Wolle seinen Job gekündigt hatte, wollte ihn sein Chef wieder haben. Sie setzten sich zusammen. Der Vater des Chefs, der ehemalige Geschäftsführer eines großen Marktforschungsinstitutes, war auch dabei.

Der alte Herde hatte finanzpotente Investoren aus dem Südhausener Raum gefunden, die ihm den Aufbau einer Firma mit rund 60 Mitarbeitern erlaubte. Und da Wolle outgesourct über längere Zeit in der Firma des Seniors gearbeitet hatte, wollte der auch ein Wörtchen mitreden.

Die Tätigkeit in der neuen Firma des Seniors war ohne jegliche Herausforderung für Wolle. Und das war es, was Wolle zum Leben in der Berufswelt brauchte, wie ansonsten nur noch die Luft zum Atmen. Neue Herausforderungen, voller Einsatz und keine Rücksicht auf ein Zeitmanagement, das zum Feierabend den Stift aus der Hand fallen lässt. Er war kein Mensch, der Routine im Job für gut erachtete.

Er brauchte Probleme, um deren Lösung andere verlegen waren. Er brauchte Raum und Zeit, und wenn es Tage und Nächte brauchte. Und er brauchte eine Firma, die ihm diesen Einsatz ermöglichte.

„Sie wollen uns wirklich verlassen?", fragte der Senior die Gesprächsrunde beginnend. „Ich sage das ganz klar: Wir lassen Sie nur ungern gehen!"

„Klare Antwort: Ich habe hier keine Tätigkeit mehr, die mich ausfüllt. Es gibt nichts mehr zu tun, was ich nicht schon getan hätte." Die Herdes nickten.

„Sie wissen, dass ich eines hasse: Langeweile!"

„Wolle, Sie wissen, dass Sie bei uns eine große Zukunft vor sich haben können?"

Wolle lehnte sich mit süffisantem Lächeln zurück. „Wir hatten uns die letzten Wochen darüber unterhalten. Und wenn ich Sie kürzlich richtig verstanden hatte, dann gibt es eigentlich nichts mehr, was ich anfangen, aufbauen und meistern könnte. Gestern haben Sie diese Zukunft nicht sehen können. Also, meine Herren, was gibt es denn jetzt Neues?", fragte er mit unnachahmlichen Charme. „Es gibt doch etwas Neues, oder vertrödeln wir jetzt unsere Zeit?"

Die Herdes erröteten.

„Sag du es ihm, Dad", forderte Junior seinen Vater auf. Dieser ergriff engagiert das Wort.

„Also, wir haben uns nach unseren letzten Gesprächen über die Zukunft unserer Firmen unterhalten und natürlich über Sie, Wolle! Wenn es einen Mitarbeiter bei uns gibt, der Dinge anfängt und beendet und das in unglaublich kurzer Zeit und zudem dabei sehr gründlich ist, dann sind Sie es, Wolle!"

„Dann halten wir zunächst einmal fest, dass ich ein hervorragendes Zeugnis erhalten werde!", fasste Wolle das bisherige Gespräch wie immer zielsicher zusammen und sicherte sich durch diese Aussage alle Optionen. Wolle war recht verhandlungssicher.

„Natürlich erhalten Sie die besten Referenzen, klare Sache! Wir gehen davon aus, dass Sie noch keine neue Arbeit gefunden haben, stimmt´s? Wie wir Sie kennen und schätzen, machen Sie keine halben Sachen!"

„Stimmt genau, ich werde erst einmal mit meiner Freundin ein wenig Urlaub machen und mir dann in aller Ruhe einen neuen Job suchen. Ich bin da recht entspannt und zuversichtlich. Ich werde schon etwas finden!", antwortete Wolle ruhig.

„Sie wollen wirklich nicht bei uns bleiben?"

„Nein, wenn es weiterläuft, so wie bisher, ganz bestimmt nicht!"

„Okay, wir haben uns überlegt, dass wir bereits zum Sommer nächsten Jahres eine Marketingabteilung aufbauen wollen. Auch wenn wir uns Profis holen könnten, möchten wir Sie in dieser Position sehen."

„In welchen Aufgaben sehen Sie mich da konkret?", wollte Wolle wissen.

„Sie bauen das Marketing auf, auch wenn Sie nicht aus dieser Ecke kommen. Und, als Mann der ersten Stunde, werden Sie diese Abteilung führen und leiten."

Wolle verstand, welches Angebot er da gerade unterbreitet bekommen hatte. Aber er kannte auch die gutsherrliche Art der Herdes.

„Ich werde über Ihr Angebot nachdenken. Ich denke nur unter diesen Voraussetzungen darüber nach: Erstens, ich führe meine Abteilung nach meinem Ermessen und stelle mein eigenes Personal ein. Sie werden mir hier nicht reinreden. Zweitens, wir überlegen uns gemeinsam, wie meine bisherigen Arbeitsbereiche sinnvoll in den laufenden Betrieb überführt werden können, denn damit möchte ich ab Sommer nichts zu tun haben. Drittens, Sie stellen mir natürlich, bevor ich Ihnen meine Entscheidung mitteile, ein sehr gutes Arbeitszeugnis aus. Und viertens, unsere Vereinbarung werden wir schriftlich fixieren und rechtsverbindlich unterzeichnen. Nicht, dass ich nun meine Arbeitsbereiche umsonst aufgebe."

Herdes willigten ein. Die Gehaltsfrage blieb offen. Sie trafen allerdings die Vereinbarung, dass sie im Sommer neu über sein Gehalt reden wollten.

Für diesen Moment konnten sie ihm keine Gehaltserhöhung geben. Das konnte er verstehen, schließlich war die Firma in Windeseile aufgebaut worden und hatte noch keinen einzigen Kunden an Land ziehen können. Kein Kunde, kein Geld. Das leuchtete ihm ein. Um so dankbarer nahm er das Angebot an, einen Teil fest zu bekommen und einen Teil auf eigene Rechnung als Freiberufler. Es war ein willkommenes Mittel für ihn, eine Menge Steuern und lästige Sozialabgaben zu sparen. Es sollte also unter dem Strich mehr herauskommen.

Wolle hatte den Junior ja im Laufe der letzten Jahre schon als Arbeitgeber für die ehemalige Firma des alten Herdes erleben können. Er hatte keinen Grund, an dessen Integrität zu zweifeln, und wenn, dann nur gelegentlich, aber dafür hatten sie ihr Übereinkommen ja schriftlich fixiert.

Neue Herausforderungen, mehr Geld, das waren schon reizvolle Aussichten für Wolle. Er willigte nach reiflicher Überlegung ein. Bis Sommer war ja nicht mehr lange. Und so fing er an, seine Arbeitsbereiche planvoll in die Hände anderer Kollegen zu übergeben, schulte Mitarbeiter, hielt bis spät in die Nacht Meetings hierüber ab und bereitete sich an vielen Wochenenden auf seine neue Tätigkeit vor.

Es lief einfach gut in dieser Zeit. Er fing mit regelmäßigem Fitnesstraining an und ging vor der Arbeit joggen und im Sommer schwimmen. Das war für ihn noch aufregend neu. Es stellten sich bei seiner Konsequenz schnell sichtbare und spürbare Fortschritte ein.

Er gewann an Kondition und seine Klamotten saßen lockerer. Er fühlte sich einfach gut.

Und er war vor allem eines: Verliebt. Er sah ständig ihre leuchtenden Augen und ihr Gesicht vor sich. Wo auch immer er war, dachte er ständig an sie. Er war ja so verliebt. Amor hatte ganze Arbeit geleistet. Selbst das morgendliche Aufstehen fiel Wolle auf einmal so einfach wie noch nie zuvor.

Wolle war so sehr glücklich, dass er sogar unverkrampft und mit einem Lächeln auf den Lippen zur Arbeit fuhr, war er doch ein verbissener und aggressiver Autofahrer gewesen.

Doch diese ekelhaften und kleinen Kobolde konnten das Glück der Beiden nicht leiden. Zwar wollten sie nicht Wolle quälen, sondern die Tamara. Mit ihrem bisherigen Wirken gescheitert. Sie mussten sich etwas Neues einfallen lassen und gingen jetzt planvoller vor. Diese Biester bastelten an einer wirklich gemeinen Strategie, wie sie Tamara wieder unter ihren Bann kriegen würden. Ihre Planung war ein langfristiger Strategieplan, welchen sie systematisch verfolgten.

Die beiden Verliebten aber merkten davon nichts. Sie waren einfach nur glücklich, sich gefunden zu haben. Sie waren ein beneidenswertes Paar. Ein Paar, dem die pensionierten Götter gerne zuschauten.

Sie fuhren bei Schneefall und völlig erkältet im Hafen von Fischhochburg Hand in Hand auf Hafenrundfahrtsschiffen. Zur Obstblüte fuhren sie in die im Süden der Stadt gelegenen Obstplantagen, sie fuhren an die Nordsee, um dort den Klängen des Meeres zu lauschen. Kein Lokal und kein Café war vor ihnen sicher. Sie besuchten ein schönes Konzert nach dem anderen und erforschten die faszinierende und für sie neue Welt der Diskotheken.

Für Wolle war eigentlich alles neu. Zuvor kannte er eigentlich nur seine Arbeit und Pflichterfüllung. Es war für ihn, als wenn ein neues Leben beginnen würde - ja, als hätte er zuvor nie gelebt.

Sie hatten so viel Spaß miteinander, dass die Götterhauptversammlung den Beschluss fasste, den alten Amor wieder als Liebesgott einzustellen. Amor aber war viel zu sehr mit den Vorbereitungen auf den Führerschein beschäftigt, als dass er himmlischer Liebesjäger sein wollte.

Und im Fluge verging die Zeit ihres Glückes.

III

Arbeitslos!

Wolle fing an, seine Kollegen gründlich auf seine Aufgabengebiete einzuarbeiten und schulte sie sehr intensiv. Als gründlicher Mensch dokumentierte er alle Geschäftsvorfälle und verfasste das mehrere hundert Seiten umfassende Schriftstück so, dass auch Außenstehende dieses verstehen konnten. Die unternehmensspezifische Software, an deren Entwicklung er beteiligt gewesen war, dokumentierte er mit zahlreichen Abbildungen.

Er lud andere Abteilungsleiter zu Planungsgesprächen ein, in denen sie nicht nur Urlaubsvertretungen regelten, sondern auch Ausfallkonzepte entwarfen, was wann zu tun sei, wenn mehrere Mitarbeiter zeitgleich ausfielen.

Wolle unternahm alles, damit seine alten Aufgaben sinnvoll und gut ohne ihn weitergeführt werden konnten.

Für seine neue Tätigkeiten besuchte er auf eigene Kosten Trainings- und Schulungsmaßnahmen und arbeitete nach Feierabend die entsprechenden Vorgänge Zuhause vor.

Nun stand der Herausforderung des neuen Aufgabengebiets nichts mehr im Wege. Wolle war für das Marketing jetzt bestens vorbereitet. Entsprechend fröhlich fuhr er morgens mit seinem in dieser Woche ausnahmsweise zweimal und extra für diesen Tag auf Hochglanz polierten Wagen in die Firma, wissend, dass für ihn eine reizvolle und gehaltsmäßig bessere Zukunft beginnen würde. An diesem Tag war er besonders gut drauf, denn er hatte Geburtstag.

Nachdem er sein aus der Änderungsschneiderei abgeholtes neues Sakko angezogen hatte, welches übrigens hervorragend zur von Tamara geschenkten Krawatte passte, öffnete er voller Stolz den Kofferraum und holte die in der vergangenen Nacht liebevoll selbst gemachten Torten heraus. Wenn Wolle kein Büromensch geworden wäre, wäre er am liebsten Konditor geworden.

Er trug jedes Kunststück einzeln nach oben, erst die Sachertorte und nach und nach die Schwarzwälderkirschtorte, die Marzipantorte und für die Obstfreunde unter seinen Kollegen den Erdbeerkuchen. Seine eigentlichen Meisterstücke, die Mokkasahnetorte und seine Kreation Birne-Helene trug er mit besonderer Vorsicht.

Er freute sich sehr auf diese kleine Geburtstagsfeier im Kreise seiner Kollegen. Er liebte es, andere mit seinen Küchenkünsten zu verwöhnen, und er liebte die Reaktionen seiner Gäste. Natürlich freute er sich, dass nun seine Beförderung zum Marketingleiter offiziell bekannt gegeben werden sollte.

So konnte der Tag gut losgehen, dachte Wolle bei sich. Stolz ging er durch jede Abteilung, um seine Kollegen persönlich zum Empfang einzuladen.

Doch es sollte anders kommen: Kaum, dass er alle Kollegen persönlich eingeladen hatte, holten die frisch angereisten Südhausener Investoren nun alle Mitarbeiter etagenweise nach oben. Jedem Mitarbeiter wurde seine Kündigung ausgehändigt. Viele verließen danach mit betretenem Schweigen das Haus.

Der alte Herde hatte von einem Tag zum anderen seine Firma und all sein Geld verloren. Und Junior musste feststellen, dass er kalkulatorisch das letzte halbe Jahr quasi umsonst gearbeitet hatte.

Von einem Tag auf den anderen waren 60 Menschen ihre Arbeit los.

Was war passiert? Die Firma hatte deswegen keine großen Kunden gewinnen können, weil die alte Firma, in der Herde zuvor als Geschäftsführer gefeuert worden war, allen bestehenden Kunden Preisnachlässe bis zu 50 Prozent geboten hatte, damit sie nicht zur frisch entstehenden Konkurrenz laufen.

Ein enormer Preisnachlass, der erst durch betriebliche Umstrukturierungen möglich wurde.

Damals bedeutete Umstrukturierung in Kartoffelhausen um die Jahrtausendwende eine überaus freundliche Umschreibung für Abbau von zu teuren Arbeitsplätzen. Da viele Arbeitsplätze als zu teuer interpretiert wurden, war man mit Fleiß dabei, viele Menschen zu entlassen. Es schien damals so zu sein, als wenn es in den Chefetagen kein anderes Thema mehr gab und die Güte eines Managements einzig daran gemessen wurde, wie viele Entlassungen vorgenommen wurden.

Und so strukturierte die ehemalige Firma von Herde sehr intensiv um, und das so lange, bis man Preisnachlässe um die Hälfte anbieten konnte, ohne dabei große Verluste zu machen.

Mit gesenktem Haupt trug Wolle eine Torte nach der anderen wieder in sein Auto. Ihm war nicht mehr nach Feiern und guter Stimmung. Das neue Lebensjahr hätte besser beginnen können.

Die Kobolde aber hakten den ersten Punkt ihrer Strategieliste mit hämischem Lachen ab. Wolle war seinen Job los. Es war ein seltenes Geburtstagsgeschenk für ihn. Auch freuten sie sich darüber, dass Wolle nur Anspruch auf Arbeitslosengeld für die Hälfte seines Gehaltes hatte, denn nur diese wurde ja fest ausgezahlt.

Die Kobolde freuten sich, dass ihnen der erste Streich gelungen war. Sie wussten, dass Wolle schon in Kürze in finanzielle Schwierigkeiten kommen würde. Und sie wussten, dass er darunter leiden würde, wenn er seine Tamara nicht mehr gentlemanlike einladen und etwas Schönes gönnen konnte, er nicht mehr der „Große" sein würde.

„Goil, Alter, was haben wir da wieder angestellt!", gluckste der superbierbäuchige kleine Kobold und köpfte dabei eine neue Flasche Bier.

„Sag ich doch. Wir sind die genialen Kobolde. Und wir sind deswegen so genial ...",

„... weil wir so genial sind!", unterbrach der andere Superbierbauch.

„Doof seid Ihr alle!", herrschte der mit seinen vergilbten Fingern durch seine Haare fahrende und dabei fast am Fett festgeklebte Kobold seine Kollegen an.

„Nö, ich bin genial, so genial", lallte der Superbierbauch. Patsch! Die vergilbte Fetthand klatschte mit samt allen darauf befindlichen Haaren auf den Hinterkopf und bliebt für einige Sekunden kleben. „Ihr seid alle so unglaublich dumm! Ich schäme mich, einer von euch zu sein!"

„Aber du gehörst doch zu uns, Kumpel! Du bist doch unser supergeniales Hirn, wenn du es noch nicht ganz versoffen hast!"

„Und genau deshalb sage ich euch, dass wir nicht genial sind! Meint Ihr im Ernst, die Tussi verlässt Wolle, nur weil er momentan ohne Job da steht?" Die Koboldkollegen verstummten. „Glaubt Ihr wirklich, dass die sie so einfältig ist? So ein Quatsch. Die Alte liebt ihn!"

„Ja, Amor war wieder einmal sehr mächtig, scheiße aber auch!"

„Aber wir sind doch die genialen Kobolde!"

„Die supergenialen Kobolde!", korrigierte ein weiterer Kollege.

„Na, und was passiert jetzt?"

„Wir suchen Wolle eine arbeitslose Frau?", rülpste ein anderer Schlauberger.

„Ja, dumm, willig und mit großen Möpsen, so wie du!"
und strahlte in Richtung der weiblichen Koboldin.

„Ach, findest auch du meine Dinger geil?", und zupfte
sich ihren viel zu engen BH zurecht.

„Hängetitten!", tönte es aus der hinteren Reihe.

„Zur Sache! Also, Wolle liebt die Tante, und sie liebt ihn.
Nur weil er jetzt keinen Job hat, müssen wir ganze Arbeit
leisten! Okay?" Alle nickten einstimmig, obwohl keiner so
recht wusste, warum. „Und lasst das Saufen nach! Wir
brauchen noch klare Köpfe!", wieder nickten alle
einstimmig, und wieder wusste keiner so recht, warum.
„Vielleicht kümmert sich einer von euch endlich mal um
Amor! Der geht mir so was von auf den Sack! Und
vielleicht kümmert sich jetzt endlich mal einer
konsequent um Wolle?!"

Jetzt mussten sie sich auf eines der nächsten Ziele
vorbereiten: Sie mussten Tamara dazu bekommen, dass
sie sich nicht sofort von Wolle trennt. Nein, das war zu
einfach und als List für jedermann zu schnell durch-
schaubar. Sie mussten dafür sorgen, dass sie zu ihm
hält und sich der Druck auch auf sie langsam aufbaut.
Ein Druck, der sie langsam und qualvoll aller Gefühle
und Träume beraubt, aller Liebe zu ihrem Traummann.

Doch Wolle war zunächst guter Dinge, dass er schnell wieder einen Job bekäme und wollte Tamara nicht die Urlaubsvorfreude verderben. Schließlich war er hervorragend qualifiziert, hatte gute Referenzen und er war im besten Alter. Also schwieg er ihr zuliebe. Und so fuhren die Beiden, wie immer beneidenswert glücklich miteinander, für mehrere Wochen an die Nordsee, wo sie eine schöne Zeit miteinander verbrachten. Eine Zeit auch voller Zärtlichkeiten. Für Tamara erfüllte sich, wonach sie sich jemals zuvor gesehnt hatte. Zum ersten Mal in ihrem Leben war sie so richtig verliebt.

Amors Arbeit war eine wirklich gute Arbeit gewesen. Und selbst die Götter nahmen alle ihren Jahresurlaub und fuhren zu den Beiden, bis auf die Notbesetzung, an die Nordsee. So angetan waren die Götter von den Beiden.

Erst viel später nach ihrem gemeinsamen Urlaub offenbarte Wolle seiner Tamara seine Kündigung und alles, was wohl daran hängen könnte. Sie hatte großes Mitleid mit ihm. Aber sie war zuversichtlich, dass sie zusammen alles durchstehen würden. Sie hielt zu ihm und machte ihm Mut.

„Du, Tamara, ich muss dir etwas gestehen!", begann Wolle das Gespräch. Tamara unterbrach:

„Dass du mich so sehr liebst, dass du mich immer um dich haben und mit mir zusammen ziehen willst?" Tamara errötete leicht bei diesem Satz, war es doch ihr sehnlichster Wunsch, durch nichts mehr getrennt mit ihrem Liebsten zusammen zu wohnen.

„Nein, Schatz. Ich bin arbeitslos!"

„Du bist was?" Sie schüttelte ungläubig ihren Kopf und lachte. Sie hielt es für einen der für Wolle typischen Witze.

„Ja, du hast richtig gehört. Ich habe meinen Job verloren!" Wolle schaute sie ernst an.

„Du machst jetzt keine Scherze mit mir, oder?" Tamara wurde etwas unsicherer.

„Nein, es ist wahr, die Firma wurde einfach dicht gemacht. Die Investoren haben den Geldhahn zuge- dreht!" Wolle schaute durch Tamara durch, sein Blick wurde kühl. Er hatte so etwas nie für möglich gehalten. Arbeitslosigkeit war für ihn ein Thema, das nur andere betrifft, andere, die daran selbst Schuld hatten.

„Und wann war das, heute?", wollte Tamara wissen. Wolle atmete tief ein und zögerte einige Sekunden.

„Nein, das war genau an meinem Geburtstag!"

„Das war ja kurz vor unserem Urlaub!" Tamara fiel aus allen Wolken. „Warum hast du mir das nicht schon früher erzählt?"

„Weil ich dir nicht deine Urlaubsfreude nehmen wollte."

„Aber dann hast du mich ja die ganze Zeit angelogen!" Dieser Satz kam Tamara sehr enttäuscht über die Lippen. Ihr Liebster hätte viel machen dürfen, aber nicht sie belügen.

„Du hattest dich doch so sehr darauf gefreut, mit mir zusammen Urlaub zu machen. Naja, und da habe ich es einfach nicht übers Herz gebracht. Es hätte dir die ganze Freude genommen, und das wollte ich nicht."

Tamara wurde nachdenklich und wischte sich einige Tränen aus ihrem Gesicht. „Okay, ich verstehe. Du hast dich ja unheimlich gut verstellt, mein Lieber! Ich habe davon nichts gemerkt. Auch nicht, als wir noch am selben Tag deinen großen Tag gefeiert hatten!"

„Es ist mir auch nicht einfach gefallen. Was meinst du, warum wir an dem Abend spontan ins Kino gegangen sind? Ich wollte dich aber nicht hintergehen oder so. Und ich musste damit erst einmal alleine klar kommen. Irgendwie konnte ich auch nicht darüber reden. Ich hatte immer geglaubt, dass Arbeitslosigkeit immer nur die Arbeitsscheuen trifft. Naja, nun bin ich auch einer davon!"

„Und deine Beförderung. Bist du jetzt doch kein Abteilungsleiter geworden?"

„Nein. Auch dieser Traum ist wie eine Seifenblase natürlich zerplatzt, leider!" Wolle wurde ungewohnt leise. Dieser Umstand hatte ihn noch mehr getroffen als sein Jobverlust.

„Und du hattest dich doch so darauf gefreut! Und die ganze Arbeit, die du da investiert hattest!"

„Tja, man kann nicht immer auf der Sonnenseite des Lebens stehen!" Wolle wusste nicht, dass er von jetzt an die Sonnenseite nicht mehr erleben würde.

„Das Ganze ist halb so schlimm! Ich denke, dass ich schon sehr bald wieder etwas gefunden habe! Weißt du, ich bin einfach gut und das hat sich in Insiderkreisen herumgesprochen. Man kennt und schätzt mich. Ich mache jetzt einfach einmal einige Tage Urlaub und hänge mich dann voll in die Bewerbungsarbeit."

Tamara war immer noch fassungslos und fing erst ganz langsam an zu kapieren, was genau passiert war. „Aber was wurde aus deinen zahlreichen Torten, die du die halbe Nacht gemacht hattest?"

„Die habe ich weggeworfen. Mir war nicht mehr nach Geburtstagslaune."

„Ach, du Armer! Die schönen Torten! Du hattest dir so viel Mühe gegeben. Auch mit deinem Wechsel in das Marketing. Und überhaupt, dass man dir so übel mitgespielt hat." Sie nahm ihn in den Arm. „Hauptsache ist, dass wir uns lieben, stimmts? Und bestimmt findest du schon bald wieder etwas Neues! Du bist doch nicht allein!"

Konnte sie ahnen, dass sie nicht nur gegen Wolles Arbeitslosigkeit mit allem, was daran hängen, sondern schon sehr bald auch gegen die List der Kobolde ankämpfen würde?

Inzwischen hatte sich Wolle eine eigene Wohnung gesucht, um somit formalrechtlich dem Scheidungsrecht, das ein Trennungsjahr vor Ehescheidung vorsah, zu genügen. Es war eine kuschelige kleine Wohnung, welche die Beiden an etlichen Tagen zusammen mit Farbe strichen. Das Streichen dauerte nur deshalb so lange, weil sie meistens mit etwas anderem beschäftigt waren, als dem Pinseln der Wände.

Die neue Wohnung bedeutete für Wolle sehr viel. Sie war wie ein Symbol für den Wendepunkt in ein neues Leben.

Ein Leben, welches nebst Pflichterfüllung auch Freizeit kannte. Die Entdeckung neuer und zuvor unbekannter Lebensbereiche.

Ein Leben, in dem Erfüllung und Freude eine größere Bedeutung bekommen sollte, als es zuvor der Fall gewesen war. Und ein Leben mit einer süßen und von Lebensfreude erfüllten Frau an seiner Seite.

Noch bevor Wolles Wohnung komplett eingerichtet war, brachte Tamara bereits Klamotten und ihre Zahnbürste mit.

„Ich will den Kram nicht ständig mit mir herumschleppen. Und ich bin ja mehr hier bei dir, als ich bei mir zu Hause bin."

Er genoss es, wenn er hörte, wie sich der Schlüssel im Schloss drehte und sie mit einem stürmischen „Hey" ihm in die Arme springend seine Wohnung eroberte. Und nachts kuschelte sie sich ganz eng an ihn und ließ ihn die ganzen Nächte niemals los.

Heute fehlt ihm ihr um seinen Bauch geschlungener Arm und ihr leises Schnarchen. Ich weiß, Frauen glauben ja, sie würden nicht schnarchen. Deswegen lasse ich sie in diesem Buch ganz leise ihm ins Ohr schnarchen. Es war ein Schnarchen, das ihm die ganzen Nächte ein „Ich liebe dich" ins Ohr flüsterte.

Doch das Märchen geht weiter. Denn die Kobolde planten jetzt die Durchführung eines doppelten Etappensieges. Und sie schwitzten an diesem teuflischen Kunststück, denn sie mussten sehr darauf achten, dass Tamara sich weiterhin zu ihrem Wolle hingezogen fühlt und erst viel später bemerkt, dass sie fast aussichtslos gefangen und von ihm getrennt sein würde. Welch teuflischer Plan!

Die Beiden merkten nichts davon. Das Märchen endet auch hier leider nicht mit einem „Und wenn sie nicht gestorben sind, so schnarcht unsere Prinzessin ihrem Prinzen auch heute noch jede Nacht ein `ich liebe dich´ ins Ohr, natürlich ganz leise und heimlich, denn Frauen schnarchen ja nicht."

IV

Die Doppelstrategie

Amors Macht war zu groß, als dass sich Tamara von Wolle abwenden würde, nur weil sie, die Kobolde, ihr in den Ohren lagen. Sie wussten, dass sie Tamara nicht so leicht von Wolle abkriegen würden. Deshalb sah ihre Strategie vor, dass in Tamara das Gefühl entstehen sollte, Wolle würde sich von ihr entfernen. Hierzu mussten sie Wolle soweit demütigen, dass er an seiner Situation verzweifeln und daran zerbrechen würde.

In Tamara sollte sich das Gefühl entwickeln, versagt zu haben und somit den Glauben an Amors Pfeile verlieren. Denn die Tamara war ein pflichtbewusster Mensch, loyal und sehr aufopferungsbereit. Für ihre große Liebe war sie bereit, viel zu tun. Würde sie allerdings den Eindruck gewinnen, nicht mehr gebraucht zu werden, ja, alle ihre Bestrebungen wären vergeblich, dann würde sie auch beginnen, an sich zu zweifeln.

Die Kobolde fingen nun an, ihre Doppelstrategie zu fahren. Ein wahrhaft diabolischer Plan.

Inzwischen hatte sich aber ein für der Kobolde Plan sehr nützlicher Umstand ergeben. Der Obersatan hatte nämlich, dem Anraten seiner Konkursverwalter folgend, bereits vor langer Zeit einen Teil seiner Belegschaft, darunter auch alle Kobolde, entlassen.

Trotz dieser enormen Kostenersparnis war es Obersatan nicht gelungen, die Hölle in Zeiten allgemeiner Konjunkturschwäche attraktiver zu machen und in die Gewinnzone zu bringen. Er meldete Insolvenz an.

Die Konkursverwalter hatten aber die ansonsten guten Zukunftsaussichten der Firma vor Augen und legten Obersatan nahe, seinen Familienbetrieb wettbewerbsfähig zu machen und ihn kundennäher auszurichten. So kam es, dass er jüngst sein Marketing verlagerte und in die Chefetage der Toffelanstalt für Arbeit eingezogen war. Denn in Kartoffelhausen um die Jahrtausendwende suchte man händeringend ehrgeizige Führungskräfte. Da man dem höllischen Oberhaupt vor allem nachsagte, er würde besonders erfolgreich über Leichen gehen, fiel die sonst innerbehördlich geregelte Bewerberauswahl in diesem Fall eindeutig aus. Sicherlich war der Wunsch der Toffelregierung als Behördenleiter einen weniger typischen Beamten als ein innovativ-dynamisches Talent wirtschaftlicher Orientierung zu bevorzugen, ein wesentliches Auswahlkriterium.

Sehr plakativ startete man in der einst schwerfälligen Toffelanstalt jetzt eine recht kostspielige Kampagne gegen die hohe Arbeitslosigkeit. Mit dem neuen Konzept *„DIE-SINTFLUT-KOMMT-ERST-SPÄTER"* versprach man nicht nur die sehr hohe Arbeitslosenquote erfolgreich zu bekämpfen, sondern auch die damit verbundenen hohen Kosten erheblich zu senken.

Wolle bewarb sich, wo immer er gute Anzeigen las. Er war voller Zuversicht, so gut zu sein, dass er schnell Arbeit bekäme.

Aber selbst die 120ste Bewerbung wurde abgelehnt. Er begann langsam an sich zu zweifeln, und glaubte, dass ihn denn überhaupt niemand mehr nehmen würde.

Er fing nicht an nur die Umstände anzuzweifeln, nein, er zweifelte zunehmend mehr an sich. Zweifel, er sei zu nichts zu gebrauchen, entstanden. Waren alle Qualifikationen und Erfahrungen, die er gesammelt und sich erarbeitet hatte, vergebens und nichts mehr wert?

Während er sich anfänglich noch hoffnungsfroh auf viele interessante Zeitungsanzeigen bewarb, sich in jeder Anzeige versuchte wiederzufinden und sich zusammen mit seiner Prinzessin ausmalte, wie es denn hier oder dort wohl sei, verstummte seine Zuversicht.

Viele seiner Bewerbungsunterlagen kamen zerstört und unvollständig, mit Kaffeeflecken versehen und teilweise mit handschriftlichen Randnotizen entstellt, wieder zu ihm zurück, falls überhaupt.

Was er nicht wusste, war der Umstand, dass der Obersatan einige seiner alten Dämonen inzwischen in hohe Posten in der freien Wirtschaft lanciert hatte.

Er kam sich nicht nur durch den Umstand einer jeden Ablehnung schon unnütz vor. Diese Häme, hübsche und mit Liebe zusammengestellte Bewerbungsunterlagen in noch nicht einmal recyclingfähigen Müll zu verwandeln, zeigte ihm deutlich, dass er in dieser Welt einen Scheißdreck galt. Ein Mensch dritter Klasse, ein Mensch, der sich schlimmer behandelt fühlt, als es im Mittelalter mit Aussätzigen der Fall war.

Halt, Stop! Sagte ich eben: „Ein Mensch"?

Viele der Arbeitslosen hatten um die Jahrtausendwende in Kartoffelhausen nicht das Gefühl, sie seien noch Menschen. Aber ich würde dem Fortgang dieses Märchens vorausgreifen und zu früh das böse Treiben offen legen, wenn ich Euch jetzt schon verraten würde, warum Arbeitslose damals an ihrer Würde als Mensch zweifelten.

Wolle jedenfalls machte sich Vorhaltungen, dass er zu nichts tauge für diese Arbeitswelt. Er sah nun keine Perspektive mehr. Ein Umstand, den sich die Kobolde schnell zu nutze machten.

Er verließ nur noch gelegentlich das Haus und öffnete nur noch selten seine Post. War doch sowieso immer das Gleiche: Entweder Werbung für Dinge, die er sich nicht mehr leisten oder Mahnungen, die er nicht mehr bezahlen konnte.

Zum Sport ging er auch nicht mehr: Nachdem er zunächst noch viele Wochen in alter Gewohnheit, seine Arbeitslosigkeit versteckend, abends „nach Feierabend" zum Training ging, hatte sich Wolles Situation dort herumgesprochen und viele unsensible Gespräche, wer keine Arbeit bekäme, würde nicht genügend suchen, setzten Wolle zu. Und auch als er dann peinlich berührt die Abendstunden meidend nur noch vormittags trainieren ging, bemerkten die morgendlichen Sportkollegen sehr schnell, dass Wolles angeblicher Urlaub sehr lange dauern würde.

Auch unternahmen die beiden Verliebten nur noch selten etwas zusammen, denn Wolle schämte sich, seiner Tamara auf der Tasche zu liegen.

Tamara versuchte ihn zu trösten so gut sie konnte, aber Wolles Zuversicht war am Schwinden. Tamara, welche langsam begann, an ihren partnerschaftlichen Fähigkeiten zu zweifeln, hielt aber trotzdem zu ihrem Wolle.

Doch als Wolle sich mit seiner Frau ab und zu traf, von der er sich scheiden lassen wollte, befürchtete sie Schlimmstes. Sie entwickelte Furcht davor, dass sie Wolle nicht mehr genüge und er sich wegen ihrer Unfähigkeit zurückzog und zu seiner Frau zurück gehen könnte.

Dass es bei diesen Treffen nur um scheidungsrelevante Dinge ging, über die Wolle und seine Exfrau sich stets im Guten auseinander setzten, linderte Tamaras Eifersucht nicht. Wolle registrierte nicht, dass sich in Tamara Angst entwickelte.

Die Kobolde leisteten ganze Arbeit. „Goil, Alter! Wie wir das nun wieder hingekriegt haben!", gluckste der eine haarige Superbierbauch in die betrunkene Runde.

„Wir sind ja so genial, so genial. Genialer geht es nicht!", frohlockte der andere behaarte Bierbauch - es war ein warmer Spätsommer und sie saßen alle, den Sonnenuntergang genießend, oben ohne am Lagerfeuer.

„Hey, Titti!", herrschte ein weiterer Kobold seine Kollegin an, welche ebenfalls ohne Oberteil am Feuer saß. „Das hast du gut gemacht, wie du Tamara eifersüchtig gemacht hast. Echt goil, wie sie immer misstrauischer wird und ihr Selbstbewusstsein dadurch angeknackst wird!"

Titti lächelte leicht verlegen, sie wurde nur selten gelobt.

„Wolle fängt an, seine Arbeitslosigkeit zu verstecken! Gut so!", resümierte der Schlaubergerkobold.

„Wäre doch gelacht, wenn wir diesen Kerl nicht klein bekommen und er sich bald so sehr schämt, dass er sich gar nicht mehr aus dem Haus traut!"

„Höhö, dann verlässt die Alte den Macker und lässt sich bestimmt von reichen Typen ficken - Geld macht sexy!"

Die Strategie der Kobolde schien aufzugehen. Es entwickelte sich eine gewisse Distanz zwischen Wolle und Tamara.

Dass Wolle pro Bewerbung, also Bewerbungsmappen, Foto, Porto, und Fotokopien rund 10 Kartoffelchips zahlte und somit rund 1.200 Kartoffelchips in den Sand gesetzt hatte, freute die Kobolde um so mehr.

Jetzt hatten sie ihn soweit, dass er finanziell mit dem Rücken an der Wand stand. Er war mental nicht mehr in der Lage, sich zu bewerben, und finanziell erst recht nicht.

Die Toffelanstalt für Arbeit wollte ihm die Bewerbungskosten nicht erstatten, dazu hätte er einen Antrag zu Beginn seiner Arbeitslosigkeit stellen müssen und nicht im Nachhinein.

Wolle fragte sich und die Arbeitsamtsmenschen, weswegen sie ihm das nicht schon vorher hätten sagen können. Schadenfrohes Lachen der Kobolde war die Reaktion.

Um die Kosten der Arbeitsämter möglichst kurz zu halten, wurde in Kartoffelhausen um die Jahrtausendwende kaum ein Arbeitsloser mehr ausreichend über seine Rechte aufgeklärt.

Es galt damals in Kartoffelhausen als sein eigenes Problem, über seine Rechtslage informiert zu sein. Wenn man also uninformiert und somit unwissend verspätet Anträge stellte, wie etwa besagten Antrag auf Erstattung der Bewerbungskosten, so galt dieser erst ab Datum der Antragsstellung und nicht rückwirkend.

Es wurde nicht nur als „Pech" abgetan, sondern wurde im Allgemeinen als Desinteresse an der Besserung seiner eigenen Situation gewertet.

Peinliche Gespräche mit infantilen Verhörmethoden waren seit dem Führungswechsel in dieser Behörde immer häufiger der Fall.

Gespräche, welche mit jenem unnachahmlichen „Warum?" eingeleitet wurden. „Warum haben Sie sich nicht hierüber informiert? Zeit hierfür hatten Sie als Arbeitsloser ja nun wirklich mehr als genug! Warum sind Sie nicht an der Besserung Ihrer Situation interessiert? Sie haben mit Ihrer Antragstellung auf Gewährung von Arbeitslosengeld unterschrieben, dass sie a l l e s tun würden, um Ihre Arbeitslosigkeit zu beenden! Sie scheinen dieser Pflicht nicht nachzukommen ..."

Gespräche dieser Art verliefen stets stereotyp und der Form inquisitorisch nach dem bewährten Muster: Das Arbeitsamt hat immer recht und ist allmächtig, der Arbeitslose ist dumm, faul, unkooperativ und arbeitsunwillig.

Was sollte man denn in einer solchen Situation antworten?

Etwa, dass man als Arbeitsloser nicht über Zeit verfüge? Dass man nicht alles tun würde, um seine Situation zu bessern? Was sollte man jemanden antworten, der qua Amt für sich alleine beanspruchte Recht zu haben?

Einige Zeit später besuchte Wolle seinen Vermittler beim Arbeitsamt, um diesem seine Abrechnung über die neu entstandenen Bewerbungskosten persönlich zu überreichen und wieder einmal nach Jobangeboten zu fragen.

Obwohl dieses Mal der Antrag auf Erstattung von Bewerbungskosten rechtzeitig gestellt war, wurde nur ein Drittel seiner nun angefallenen Kosten erstattet.

Das Arbeitsamt weigerte sich Papier und Tinte für den Drucker anzuerkennen. Selbst Klebe zum Festkleben der Bewerberfotos und Büroklammern galten als nicht erstattungsfähig, da alle diese Dinge in einem normalen Haushalt ohnehin vorhanden seien und auch zu anderen Zwecken genutzt werden könnten.

Auch erachtete das Arbeitsamt Porto für kleine Briefumschläge als nicht erstattungsfähig – Kurzbewerbungen gab es halt nur in der Wirklichkeit der freien Wirtschaft.

Und so wurde Wolles finanzielle Situation schlimmer und seine Motivation und Möglichkeiten, sich zu bewerben, sank noch weiter. Wolle machte seine Situation sehr zu schaffen und versank in Ängsten.

Ausgeschlossen aus Wolles Gedanken und seiner Gefühlswelt, isoliert und ausgebootet, gab Tamara nicht auf. Jetzt erst recht nicht. Sie liebte ihn und wollte ihm zeigen und ihn spüren lassen, wie groß ihre Liebe war. So versuchte sie alles, um ihn wieder glücklich zu machen. Alles. Doch Wolles Lachen verstummte, was Tamara auf ihre Unfähigkeit zurückführte.

Bemerkte Wolle nicht, was da um ihn herum passierte? Doch, schon. Aber es hat längere Zeit gebraucht, bis er das kapierte.

Als er dies viel zu spät bemerkte, dachte er, dass es sinnvoll sei, ihr das alles zu erklären. Und so erklärte er ihr, was und wie er alles verstanden hatte. Er erläuterte alle Zusammenhänge, die er erkannte und führte jedes seiner Probleme in aller Ausführlichkeit aus.

Konnte er ahnen, dass er mit seinen Erklärungen zwar Verständnis in ihr erweckte aber zugleich auch Zweifel an ihrer Reife? Denn die Prinzessin war ihr Leben lang auf ihre Rolle als ideale Partnerin vorbereitet worden. Eine Erziehung, nein, mehr noch: Eine Bestimmung, die ihr gebot, alle Wünsche ihrem Partner von den Lippen abzulesen, alle seine Gedanken zu lesen und zu verstehen. Jetzt, nach vielen Tagen pausenloser Ausführung seiner Selbstbetrachtung und Analyse dämmerte es ihr, wie wenig sie ihn wirklich kannte und wie wenig sie dem Ideal ihrer Bestimmung entsprach.

So versuchte sie auch zu verstehen, dass Wolle Weihnachten lieber mit einem Freund saufen wollte. Wolle mochte Weihnachten nämlich nicht mehr. Aber irgendwie war sie traurig, dass ihr Liebster am Fest der Nächstenliebe nicht um sie sein wollte. Aber Wolle wollte ihre Weihnachtsfreude nicht mit seinen Depressionen zerstören, sondern die seine vielmehr in Bierlaune ertränken und vergessen. Und so feierte sie Weihnachten im engen Familienkreise ohne ihren Partner und musste hier erklären, was sie eigentlich selbst nicht so ganz verstand: Warum ihr Wolle nicht mit ihr besinnlich feiern wollte.

Nun freute sich Tamara auf Silvester. Sie hatte Karten für eine riesige Party gekauft und wünschte sich sehnlichst, dass ihr Wolle ausgelassen und heiter an ihrer Seite sein könne. Und so fuhren die Beiden auf diese Party, die schlecht organisiert war und beide recht traurig stimmte. Das neue Jahr begann mit verspätetem und überteuertem Sekt und mit sehr viel Frust über die schlechte Durchführung. Sollte diese Jahreswende Sinnbild und Vorzeichen sein? Das alte Jahr enden, wie das neue Jahr beginnt?

Die Silvesterparty der Kobolde war dafür um so vergnüglicher. Sie hatten nicht nur Tamara, Wolle und auch Amor im Visier, sondern ihren alten Chef wiedergetroffen und waren sich einig, dass man im kommenden Jahr enger zusammenarbeiten wolle. Sie stießen auf ihre Erfolge an und freuten sich auf das nächste Jahr, in dem sie ihr Ziel verwirklichen wollten: Die Entzweiung der Beiden.

Amor unterdessen hatte inzwischen seinen Führerschein bestanden. Tamaras Fahrschule war wirklich gut. Er genoss die Leichtigkeit irdischen Daseins, kaufte sich einen coolen Sportwagen und brauste tagelang durch die Landschaften.

„Beeil dich!", herrschte der bierbäuchige Kobold den anderen Superbierbauch an.

„Gleich hab ichs, ist gleich so weit! Gleich ist die Tür auf und die Karre gehört uns!"

„Das sagst du nun schon eine halbe Stunde, Mann!" und schaute sich aufmerksam um, dass auch ja niemand den Autoklau bemerkte. „Wenn du nicht so viel Haare zwischen deinen Fingern hättest, würdest du es schneller schaffen!"

„So! Was sag ich?" Stolz präsentierte der superbierbäuchige Kobold das offene Auto. „Ich bin ja so gut, so super gut! Wenn ich jetzt bitten dürfte, wir haben es nämlich eilig!", und wies den Superbierbauch mit einer höflich-haarigen Geste an einzusteigen. „Wenn Amor jetzt gleich vorbeikommt", „dann erlebt er sein blaues Wunder", frohlockte der andere und schloss den Wagen kurz.

Amor kam, wie von den beiden Kobolden vermutet, sportlich dahergebraust, die Beiden mit quietschenden Reifen hinterher.

„Was ist jetzt?", fragte der Beifahrer den Superbierbauch. „Warum gibst du nicht Gas, Alter?"

„Ich weiß nicht, Mann, die Karre wird langsamer" und stutzte.

„Weil kein Sprit drin ist, du Idiot!" Amor fuhr den Beiden und dem geplanten Anschlag davon. „Wir kriegen dich noch, alter Gott!"

V

Neues Jahr beginnt, wie das alte aufhörte

Damit Wolle sein Auto dieses Jahr versichern konnte, übernahm Tamara die Versicherungskosten. Für sie war das selbstverständlich, denn sie wollte Wolle helfen, wo sie nur konnte. Auch, wenn sie sich nicht immer sicher war, dass es ihr auch wirklich gelang.

Wolle, als stolzer Mann, hatte Schwierigkeiten damit, dass seine jüngere Partnerin ihm Geld gab. Er schämte sich zunehmend, anstelle, dass er sich in Liebe bei ihr bedankte und wieder lachen konnte. Er traute sich gar nicht mehr so richtig mit ihr auszugehen. Wenn das Arbeitslosengeld gerade einmal die Fixkosten deckt, bleibt für das Leben nicht mehr viel übrig, genaugenommen nichts. Und die Kobolde bestärkten seinen Stolz. Er müsse seiner jungen Frau etwas bieten können.

Voller Neid beobachtete Wolle alle Männer um sich herum, die mit dicker Brieftasche ihren Frauen etwas zu bieten schienen. Voller Neid und Enttäuschung, dass er dazu nicht fähig war.

Er verfluchte die Tage, an denen er falsche Entscheidungen getroffen hatte. Sein Selbstbewusstsein schwand.

Gingen die Beiden am Wochenende auf Diskotour, zückte Tamara stolz ihr Portemonnaie und wollte sich und ihrem Liebsten einen schönen Abend ermöglichen. Sie hoffte inständig, dass Wolle ihr Geschenk mit Freuden annehmen könne. Dankbarkeit erwartete sie nicht, vielmehr einen fröhlichen und glücklichen Wolle. Er hingegen wäre am Liebsten jedes Mal vor Scham im Erdboden versunken, wann immer sie ihre Geldbörse hervorholte. Während er regelmäßig auf Klo ein Schluck Wasser trinken ging, um Tamaras Geldbeutel zu schonen, fragte sie sich, warum sie ihm nicht ein leckeres Bierchen spendieren dürfe.

Tamara verunsicherte, warum Wolle nur noch mit Leidensmiene mit ihr auf Tour ging. Warum er nicht mehr so ausgelassen und fröhlich tanzen und mit ihr zärtlich sein konnte, so wie zu Beginn ihrer Zeit. Sollte für ihn alles aus sein und er wenig Spaß am Leben mit ihr empfinden? War sie wirklich unattraktiv und unfähig?

Wolle bewunderte Tamara, dass sie viel mit ihm, dem ständigen Trauerkloß, unternahm. Und die Kobolde impften ihn mit schlechtem Gewissen, dass er nicht heiter sein könne, dass er sie ausnutze und dass er ihr nichts zu bieten habe. Wolle bekam Angst, er würde sie bald verlieren, wenn nur ein anderer attraktiver und vermögender Mann sie zum Essen einlüde. Und so machte er sich Sorgen um fiktive Nebenbuhler, welche es nur in seiner Vorstellung gab, aber dafür alle erfolgreich waren, charmant und humorvoll. Männer, die es spielend leicht schaffen würden, seine Tamara wieder zum Lachen zu bekommen. Männer, denen das Lachen noch nicht abhanden gekommen war und deren Lachen in Wolles Phantasie zu einem schadenfreudigen Gehabe wurde, weil sie mit seiner Tamara Dinge machen würden, die Wolle nicht gut fände.

Er hatte viel Zeit zum Grübeln, seine Phantasie ging mit ihm durch. Und das fiktive Lachen labte sich an einem seine Gedankenwelt beherrschenden Seitensprung und ließ das ohnehin große Selbstvertrauen der vermeintlichen Nebenbuhler in seiner Phantasie noch größer werden, während Wolles Selbstvertrauen, nicht zuletzt auch wegen seiner Verlassensängste, immer kleiner wurde. Seine Phantasien entwickelten sich zu Albträumen.

Auf einem Mal schien ihm der ganze Rest seines Lebens klarer zu werden: Er hatte immer das Gute gewollt und eigentlich immer alles verloren. Die Prinzessin wurde immer hilfloser, hielt aber trotzdem zu ihm.

Bei einem Autounfall, bei dem die Kobolde einen Wagen Wolles Vorfahrt nehmen ließen, verrenkte Tamara sich ihren Hals und litt seitdem an unsäglichen Schmerzen. Die Kobolde heuerten gute Anwälte des Unfallverursachers an. Das Verfahren sollte sich über anderthalb Jahre noch hinwegziehen. Die Vorfahrtsverletzung und der Unfall machte ihnen keine Sorgen, dies gestanden sie ein. Ihr Mandant hätte durch diesen Unfall in diesem Jahr noch mehr Punkte und dadurch seine Fahrerlaubnis entzogen bekommen. Also setzten sie alles daran, viel Zeit zu gewinnen. Und bis dahin gab es kein Geld von der Versicherung.

Wolles Auto, an dem er so hing, war durch diesen Unfall hässlich entstellt. Auch sein letzter Stolz, den er trotz Geldknappheit vor dem Unfall noch regelmäßig per Hand wusch und akribisch polierte, fing an zu schwinden. Nun polierte Wolle seinen geliebten Wagen nicht mehr.

Tamara hingegen versuchte alles, um Wolle aufzumuntern und ihm nahe zu sein. Auch als sich die Möglichkeit bot, ihre Eltern waren aus der Wohnung auszogen, weil sie sich ein Haus gekauft hatten, dass Wolle nun zu ihr ziehen könne, wollte er dies nicht.

Tamara war tief verletzt. Sie fühlte sich um ihre Träume betrogen und belogen.

Konnte sie ahnen, dass Wolle nur Zeit für sich haben wollte, um seine Vergangenheit aufzuarbeiten, damit diese ihnen nicht mehr im Wege stehen sollte? Um dann wirklich frei zu sein für seine Angebetete? Dass er sich unendlich schämte? Sie sollte nicht an seinen Unfähigkeiten kaputt gehen, dazu liebte er sie zu sehr, seine Prinzessin.

Der Urlaub, den die Beiden in der Südsee verbrachten, Tamara hatte ihn gebucht, war noch einmal eine tolle Zeit für sie. Es war ein wirklich schönes Geburtstagsgeschenk für Wolle. Sie liebten sich, waren locker und zwanglos und genossen die Zeit. Sie hatten gemeinsame Augenblicke und wieder Spaß miteinander und das Leben war lebenswert für beide geworden, denn sie hatten ihren Alltag weit hinter sich gelassen.

Die beiden fühlten sich wie in den Anfängen ihrer Beziehung. Händchenhaltend wanderten sie stundenlang in der Abendröte am Strand und genossen es, ungezwungen und unverkrampft einfach nur zu leben. Sie gingen Shoppen, Billard spielen, Tanzen, Essen und für Tamara neue Schuhe kaufen.

In allem, was sie auch immer unternahmen, hatten sie Spaß und lachten viel miteinander.

Nachts lagen sie unter sternenklarem Himmel immer noch liebend am Strand. Sie genossen die Gefühle, die sie vorher lange Zeit vermissten. Ihnen war, als dürfe dieser Urlaub nie zu Ende gehen.

Die Kobolde unterdessen hatten diesen Urlaub als eine Art Henkersmahlzeit geplant. Wenn sie schon jemanden hinrichten würden, dann sollte er vorher seinen letzten Wunsch gewährt bekommen. Nicht aus der gebotenen Fairness und Respekt dem Delinquenten gegenüber handelten sie so, nein! Sie wollten damit erreichen, dass der Abschied um so schmerzlicher würde, und damit die Kobolde sich an den späteren Qualen laben konnten.

In der Prinzessin kam noch einmal so richtig das Gefühl, jenes Kribbeln im Bauch, hervor. Und Wolle verehrte sie für ihre unendliche Geduld mit ihm und ihren Optimismus. Er bewunderte ihre Kraft, das alles durchzustehen. Zu ihr wollte er gehören.

„Wolle, was hältst du davon, wenn wir jetzt bald zusammenziehen würden?"

Tamara war sich ganz sicher, mit diesem Mann wollte sie alt werden.

Dieser Mann, der einst so unbeschwert sein konnte und so unheimlich lustig.

Wolle war sich auch sicher, dass Tamara das Beste war, was ihm jemals passierte. Die Frau für den Rest seines Lebens. Doch er wollte nicht mit ihr zusammenziehen.

„Mein Leben ist ganz schön durcheinandergeraten. Mehr als ich es jemals vermutet hätte. Ich möchte erst einmal mit mir wieder ins Reine kommen und mein Leben in geregelte Bahnen lenken."

Und so suchte Tamara bitterlich enttäuscht eine kleine und bezahlbare Wohnung. Eine Einzimmerwohnung ohne ihren Wolle.

Also zog sie in die Einsamkeit, ohne ihren Prinzen. Ihre Träume von Zukunft und Liebe verblassten.

Sie sahen sich zwar noch ab und an und telefonierten viel miteinander. Im Grunde genommen war ihr hundeelend, weil er nicht mit ihr zusammengezogen war

Sie fragte sich ernsthaft, was an ihr so schrecklich sei. Langsam fing sie an, Amors Volltreffer anzuzweifeln.

Die Kobolde hatten inzwischen alles gut vorbereitet: Tamara kam ins Wanken. Fing an zu zweifeln. Wolle war am Boden zerstört. Als Arbeitsloser ist man doch ungleich mehr zu Hause, als wenn man arbeiten würde.

Da man daheim Musik hört und im Winter nicht frieren will, erhöhen sich sprunghaft die Kosten für Strom und Heizung. Und da ein Arbeitsloser mehrmals täglich Daheim auf Klo geht und sich vielleicht einmal mehr die Woche ein schönes Vollbad einlaufen lässt, erhöht sich dadurch auch die Wasserrechnung. Die hohen Nachzahlungsforderungen wurden gerade dann erhoben, als er von Arbeitslosengeld auf Arbeitslosenhilfe heruntergestuft wurde. Nun reichte das Geld nicht einmal mehr für seine Fixkosten.

Das letzte bisschen Kraft, das er hatte, setzte er daran, allen Widrigkeiten zum Trotz, eine solide Grundlage für die Zukunft zu schaffen. Am meisten Kraft verzehrte die Abwehr von halbherzigen und überstürzten Zwischenlösungen.

Die Prinzessin war inzwischen ausgelaugt. Ihrer Träume beraubt, ihre Zukunft nicht mehr vor Augen, verfluchte sie sich. Aber sich von Wolle trennen? Nein, daran hatte sie nur zwischenzeitlich gedacht.

Amors Macht war noch so stark in ihr. Die Kobolde sollten auch jetzt keine reelle Chance bekommen, noch nicht.

Die neue Behördenleitung der Toffelanstalt für Arbeit erarbeitete weitere Konzepte, mittels derer die Zahl der Arbeitslosen reduziert werden konnte:

"WIR-TROTZEN-JEDER-SINTFLUT" beinhaltete keine wirkliche und wirksame Bekämpfung der Arbeitslosigkeit. An einer Besserung misslicher Umstände hatte der Obersatan kein Interesse. Den Politikern in dieser Zeit ging es ausschließlich um schnelle und werbewirksame Erfolge.

Und so beschränkte sich die Betreuung von Arbeitslosen auf die Vermittlung von teuren Bewerbungstrainings. Hier sollten die Arbeitslosen lernen, wie man sich erfolgreich bewirbt. Mit guten Bewerbungsunterlagen wurden zwar keine Arbeitsplätze geschaffen, aber die Teilnehmer fielen aus der Statistik der Arbeitsämter heraus, wenn auch nur während der Schulungszeit.

„Sie können es vergessen, sich auf Anzeigen und Stellenausschreibungen in Zeitungen zu bewerben!"

Wolle horchte auf. Gleich am ersten Tag seines mehrwöchigen Bewerbungstrainings schien endlich jemand die Wahrheit zu sagen.

„Die Unterlagen kriegen Sie doch sowieso wieder zurückgeschickt! Das kostet Zeit, Geld, Ihr Geld und vor allem: Sie werden mit jeder Absage immer nur noch enttäuschter.", fuhr der Seminarleiter fort.

Sollte hier wirklich jemand die Situation eines Arbeitssuchenden kennen und verstehen? Wolle fühlte sich angesprochen und hörte von nun an sehr aufmerksam den einleitenden Ausführungen zu.

„Wussten Sie, dass ein Drittel aller öffentlichen Stellengesuche gar nicht ernst gemeint sind?", fragte er die verdutzten Arbeitssuchenden.

„Viele Stellen sind und werden intern besetzt. Das sind unfaire Spiele. In manchen Firmen und Behörden ist es allerdings eine Art Pflicht, auch solche Stellen offiziell auszuschreiben, um zumindest nach außen den Anschein zu wahren, jeder habe eine faire Chance."

Das war es also, warum alle seine Bewerbungsunterlagen wieder zurückkamen. Nun wusste er es. Seinem angeknacksten Selbstvertrauen tat diese Aussage sehr gut.

„Außerdem haben wir in diesem Land rund 4 Millionen Arbeitssuchende - Millionen Sozialhilfeempfänger nicht eingerechnet - die sich alle, aber wirklich ausnahmslos alle, auf Zeitungsannoncen bewerben. Manche Arbeitnehmer suchen übrigens ebenfalls nach neuen Jobs! Was meinen Sie, wie viele Bewerbungen auf eine durchschnittliche Zeitungsanzeige bei einer Firma eingehen?", fragte der Seminarleiter sein inzwischen sehr aufmerksames Publikum.

Er hatte es am ersten Tag geschafft, den Seminarteilnehmern das Gefühl zu geben, als verstünde er ihre Situation und wisse, wovon er redete.

„Bei größeren Firmen und Anzeigen können dies schon einmal mehr als 500 Bewerbungen sein!"

Wolle erahnte, worauf der Dozent hinaus wollte.

„Stellen Sie sich vor, Sie sind einer von diesen 500! Welche Chancen haben Sie gegen eine solche Konkurrenz? Sie kennen das, denn sonst säßen Sie hier nicht im Bewerbungstraining: Sie haben eigentlich keine Chance. Absolut keine! Wurde schon irgendjemand von Ihnen zu einem Bewerbungsgespräch eingeladen, irgendeiner von Ihnen?"

Keiner der rund 20 Teilnehmer meldete sich. Offensichtlich gab es wirklich keinen, der, selbst wenn er sich noch so intensiv bewarb, auch nur ein einziges Mal zu einem Vorstellungsgespräch eingeladen wurde.

„Liegt das nun an Ihren Qualifikationen? Sind Sie heutzutage nicht mehr brauchbar?"

Ängstliche Zurückhaltung machte sich augenscheinlich sofort unter den Zuhörern bemerkbar.

„Darf ich Sie jetzt einmal fragen: Wer von Ihnen hat keine abgeschlossene Berufsausbildung? Gilt somit als ungelernte Hilfskraft?"

Keiner meldete sich.

„Wie sieht es aus: Wer von ihnen ist Akademiker?"

Rund ein Drittel der Anwesenden meldete sich, zwei davon sogar mit Doktortitel.

„Sehen Sie, selbst diejenigen, die einen sehr hohen Bildungsgrad und vielleicht studiert haben, bekommen kaum eine Chance, ihre Arbeitslosigkeit zu beenden."

Die Spannung im Auditorium war jetzt sehr groß. Man hätte eine Nähnadel auf den Boden fallen hören.

„Darf ich Sie fragen, wer von Ihnen hat in seinem Beruf eine Berufserfahrung von mehr als zehn Jahren?"

Rund die Hälfte meldete sich. „Sehen Sie, selbst wenn Sie eine langjährige Erfahrung vorzuweisen haben und in Ihrem Job ein alter Hase sind, ein Profi ... Sie kriegen trotzdem heute keinen Job und noch nicht einmal die Gelegenheit, sich persönlich vorzustellen! Also, ein Drittel aller Anzeigen sind gar nicht ernst gemeint, da die öffentlich ausgeschriebenen Stellen eigentlich intern besetzt werden - hier verarscht man Sie!

Ein weiterer Teil an Stellenausschreibungen entsteht aus einer Konkurrenzsituation. Stellen Sie sich vor, da sind zwei Firmen, die sich um einen größeren Auftrag streiten. Und auf einem Mal schaltet die eine der beiden Firmen viele Stellenausschreibungen und tut so, als habe sie diesen begehrten Auftrag schon ...

Sehen Sie, auch hier werden Sie verschaukelt, wenn Sie sich darauf bewerben! Und auf alle anderen ernstgemeinten Ausschreibungen bewerben sich viele Mitbewerber! Hunderte! Verstehen Sie jetzt, warum Sie heute hier sitzen?"

Das Auditorium nickte einstimmig.

„Wir werden das während des Seminars ändern und Sie befähigen, sich hier erfolgreich durchzuschlagen!", beendete der Seminarleiter seine Einleitung.

„Sie werden es schaffen, gute Unterlagen zu erstellen, aufgrund derer Sie zu vielen Vorstellungsgesprächen eingeladen werden! Viele unserer Teilnehmer haben durch uns gute Jobs gefunden!"

Und so lernten sie die kommenden Tage viel über moderne Bewerbungsstrategien und Kommunikation und bastelten mit Fleiß an ihren neuen und moderneren Unterlagen. War die Stimmung bei den Teilnehmern zu Beginn der Veranstaltung noch sehr betrübt, entstand jetzt eine positive Grundstimmung. Sie fühlten sich verstanden und erlebten, dass sie nicht alleine waren. Wolle und vielen anderen Teilnehmern war so, als gäbe es noch Hoffnung in einer schier auswegslosen Situation.

VI

Zeigt mehr Initiative!

„Du bist wie ausgewechselt, seitdem du an diesem tollen Bewerbungstraining teilnimmst!", strahlte Tamara Wolle beim Abendessen an. „Ich erkenne dich nicht wieder. Du bist wieder gut drauf. Du lächelst wieder so, wie ich dich kennen gelernt habe."

„Weißt du, Schatz, dieses Seminar macht mir wieder Mut", antwortete Wolle und machte eine Flasche Wein auf. „Ich möchte mit dir jetzt auf eine bessere Zukunft anstoßen", schenkte erst sich einen Schluck ein, probierte kurz, nickte und schenkte dann ihr den Wein ein.

Er hob sein Glas: „Zum Wohl! Du hast ja die letzte Zeit wirklich viel mit mir durchgemacht. Ich war nicht immer gut zu dir, viel zu sehr mit mir beschäftigt, viel zu sehr frustriert und irgendwie tot." Sie stießen an.

„Ich habe dir viel zugemutet, und es tut mir sehr Leid. Aber, verdammt noch mal, ich konnte nicht anders. Ich war wie gelähmt, leer und kam mir so unnütz vor. Ich möchte dir sagen, wie sehr ich dich bewundere, wie du zu mir gehalten hast!"

„Ich war die letzte Zeit kein guter Partner für dich. Aber mich hat es sehr belastet, wie eine Bewerbung nach der anderen zurück gekommen ist. Ich fühlte mich irgendwie nicht mehr gebraucht, ja sogar aufs Abstellgleis gestellt."

„Klar hat dich das belastet. Und das Schlimme war, ich konnte dir nicht helfen!", antwortete Tamara. „Du hattest dich fast schon aufgegeben, hast dich nicht mehr aus dem Bett getraut, hast deine Post nicht mehr geöffnet, bist überhaupt nicht mehr aus dem Haus gegangen. Ich hatte solche Angst um dich!"

„Aber damit ist jetzt Schluss!", konstatierte Wolle sehr entschlossen. „Ich weiß jetzt, was ich falsch gemacht habe. Ist völliger Schwachsinn, sich auf Zeitungsanzeigen zu bewerben. Da gibt es nur Ablehnungen. Nur hatte ich den Fehler gemacht, das alles persönlich zu nehmen. Aber nun weiß ich, dass ich das nicht muss. Das hat gar nichts mit mir und meinen Fähigkeiten zu tun." Wolles Stimme überschlug sich förmlich.

„Wusstest du, dass rund ein Drittel aller Anzeigen gar nicht ernst gemeint sind?"

Tamara schüttelte den Kopf, woher sollte sie das wissen? Kam sie doch aus einer Welt, in der Verbindlichkeit als Tugend galt, und aus einer Welt, in der man nicht mit anderen Menschen spielt.

„Schatz, wie geht es denn nun mit dir weiter, wenn du dich nicht mehr bewerben willst?"

„Ich werde mich wieder viel bewerben! Aber ich werde hierfür nicht mehr Tag für Tag Zeitungen wälzen. Nein! Ich werde von mir aus die Initiative ergreifen und mich initiativ bewerben!", erzählte er voller Stolz er, als habe er die Entdeckung seines Lebens gemacht.

„Das haben im Seminar gelernt. Wir müssen uns initiativ bewerben. Also, aktiv jede Firma kontaktieren!"

„Und wie soll das gehen?", wollte Tamara wissen.

„Ist ganz einfach Schatz: Ich gehe aktiv auf eine Firma zu und bewerbe mich ohne zu wissen, ob die jetzt gerade eine freie Stelle haben!"

„Und wo liegt jetzt der Vorteil gegenüber den ernstgemeinten Anzeigen, also dem anderen zwei Drittel an Ausschreibungen und an Stellenangeboten?"

„Der Vorteil liegt darin, dass, wenn da gerade eine Stelle frei wird, ich der erste bin, der sich darauf bewirbt. Und außerdem ist es in der Wirtschaft ein unheimlicher Pluspunkt, wenn man zielstrebig und aktiv seine eigenen Interessen vertritt."

Tamaras Lächeln fror ein wenig ein. „Das klingt für mich wie Lotteriespiel! Du verschickst wieder sehr viele Bewerbungen und weißt gar nicht, ob da jemand wie du gesucht wird. Und du kriegst den ganzen Kram wieder zurück und bist dann noch trauriger!"

„Nein, so einfach ist das nicht. Wir müssen natürlich zuvor unsere Hausaufgaben machen!", antwortete Wolle fast ein wenig schulmeisterhaft.

„Und was heißt das nun wieder?"

„Dass wir versuchen, viele Infos über die jeweilige Firma zu bekommen. Was die eigentlich machen und somit viel im Internet stöbern. Und darauf stimmen wir dann individuell unsere Unterlagen ab. Also, arbeiten in einer Firma z.B. viele Einzelgänger, dann fallen meine Unterlagen halt so aus, als wäre ich der perfekte Einzelkämpfer. Und wenn es ein Laden ist, in dem Teamarbeit groß geschrieben wird, dann bin ich halt ein Teamplayer!"

„Du kannst nicht so sein, wie du bist?"

„Nee, Schatz, in der heutigen Zeit geht das nicht mehr. Da muss man sich gut verkaufen. Und Verkauf heißt, dass man seine Vorzüge herausstellt und den Erfordernissen anpasst. Sonst hat man keine Chance mehr!" Tamara stutzte.

„Und außerdem müssen wir zuvor mit der Firma Kontakt aufnehmen und an Entscheiderstelle alles Wesentliche in Erfahrung bringen. In der Personalabteilung klären, ob Personalbedarf besteht oder demnächst bestehen könnte. Und dann in den einzelnen Fachabteilungen von Entscheiderstelle herausbekommen, was die eigentlich genau brauchen. Dabei bringe ich mich dann schon einmal dezent ins Gespräch! Also nehme ich Kontakt zu den Abteilungsleitern auf."

Und so investierte Wolle viel Zeit und Geld in ausführliche Recherchen. Er saß viel in Inernetcafés und besuchte diverse Homepages vieler Firmen und schrieb alles Wesentliche heraus. Und er telefonierte täglich mit zahlreichen Personalchefs, Abteilungsleitern und auch Geschäftsführern. Aktives Telefonieren im Bewerbergeschäft war ein Teil seines Bewerbungsseminars.

Obschon viele Telefonate in freundlicher Atmosphäre geführt wurden, schienen viele Firmen keine Bewerber zu suchen, und seien diese noch so aktiv und initiativ.

Die wenigen Firmen, zu denen Wolle einen guten Kontakt herstellen konnte und die tatsächlich in Kürze offene Stellen neu zu besetzen hatten, stellten sehr hohe und fast unerfüllbare Ansprüche.

Die verbliebenen Firmen, die ebenfalls offene Stellen zu vergeben hatten und nicht allzu hohe Ansprüche stellten, legten sehr viel Wert auf ein junges Einstiegsalter. Man suchte eher etwas Frisches und Dynamisches, etwas, was noch ausbaufähig schien. Einen Kollegen, der auch altersmäßig in das junge Team passte.

Das hatte Wolle nicht für möglich gehalten, dass er mit Mitte Dreißig schon zum alten Eisen gehören sollte. Er fühlte sich nicht zu alt. Im Gegenteil, seit der Begegnung mit Tamara fühlte er sich jünger denn je.

Von seiner Arbeitslosigkeit einmal abgesehen, denn die ließ ihn schnell altern.

Aber dass ein Bewerber eine jahrzehntelange Berufserfahrung bei ständiger Weiterbildung, eine abgeschlossene Berufsausbildung und ein abgeschlossenes Hochschulstudium, sowie perfekte Kenntnisse mehrerer Sprachen vorweisen und dabei am liebsten nicht älter als 25 Jahre sein sollte, verstand Wolle nicht.

Der berentete Liebesgott stellte inzwischen zum zweiten Mal sein ganzes Können und seine Güte der Partnervermittlungsagentur, für die er freiberuflich tätig war, unter Beweis.

Zwei Paare hatte er inzwischen erfolgreich zusammen gebracht. Da Amors Entlohnung auf Provisionsbasis erfolgte, hatte er jetzt auf einen Schlag eine Menge Geld in den Händen.

„Hi, Schnalle!", grüßte Amor vor Selbstzufriedenheit die Kassiererin im Supermarkt. „What a beautifull day!", zwinkerte er der kleinen Kassiererin zu. „Heute könnte ich Bäume ausreißen! Jetzt, wo ich Feierabend habe, genehmige ich mir einen. Habe ich mir auch verdient!", und packte zwei Tüten Erdnüsse auf das Förderband, dazu eine kleine Packung Zigarren - so ein gutes Zeugs hatte es damals in den Himmeln nicht gegeben. Dazu zwei Flaschen Weinbrand. Auch diese kannte Amor vor seiner Befrührentung nicht. In der Tat, Amor lernte die Vorzüge des Rentnerdaseins zu genießen.

„Na, heute mal wieder Hochprozentiges?", grüßte ihn die Kassiererin. Sie kannte das schon, denn Amor schien, wie viele andere Frührentner auch, häufiger Grund zum Feiern zu haben.

„Jo, heute zahle ich auch die Zeche der letzten Woche, höhö. Hab nämlich heute Geld bekommen - gut was?", zwinkerte er ihr bedeutungsvoll zu, klopfte der vorbei-gehenden Schlachterin übermütig auf den Po und verließ den Laden.

Wolle hasste es, sich nur zu bewerben und ansonsten nichts um die Ohren zu haben. Er brauchte eine Aufgabe, irgendetwas zu tun. War er doch leicht arbeitssüchtig, jetziger Entzug bekam ihm nicht. Er suchte sich daher einen kleinen Job.

Damals durfte ein Arbeitsloser einen Job als geringfügig Beschäftigter ausüben und dabei maximal 500 Kartoffelchips im Monat verdienen, allerdings wurde die Hälfte dann vom Arbeitslosengeld abgezogen. Wolle war das egal, dass er deshalb nur halb so viel verdiente, wie die anderen Aushilfskollegen.

Er hätte auch für noch weniger gearbeitet. Die wenig anspruchsvolle Tätigkeit störte ihn nicht sonderlich.

Hauptsache, er hatte etwas zu tun. Hauptsache, er konnte seine Sucht befriedigen.

Außerdem konnte er die zusätzlichen 250 Kartoffelchips gut gebrauchen, denn Wolle benötigte Geld für seine kostspieligen Bewerbungen, da das Arbeitsamt sich nun weigerte, die hohen Telefonkosten und Internetrecherchen für seine Initiativbewerbungen zu erstatten.

Als erstattungsfähige Bewerbungskosten galten jetzt nur noch solche Bewerbungen, die durch entsprechende Absageschreiben der beworbenen Firmen dokumentiert wurden.

Diese wurden nur erstattet, wenn man dafür ausschließlich große Briefmarken verwendete, dabei auf Papier, Drucker und festgeklebte Fotos verzichtete, da diese nach Ansicht des Arbeitsamtes ja in jedem guten Haushalt reichlich vorhanden seien, zusätzlich, selbstredend aus eigenem Antrieb von sich heraus, einen formalen Antrag vor Bewerbungsbeginn ausgefüllt hatte.

Und wenn der Vermittler ausnahmsweise einen guten Tag hatte, vorzugsweise nur am Wochenende.

Was vor einigen Jahren für Wolle überhaupt nicht denkbar war, dass er nämlich für extrem wenig Geld eine sehr anspruchslose Arbeit verrichtete, in der er nichts bewegen konnte, wurde für ihn jetzt angenehme Realität.

Mit seinem festen Nebenjob als Telefonist in einem Versandhaus war er sehr zufrieden. Es machte ihm wirklich Spaß und er nahm ihn sehr ernst.

Er war einer der wenigen Mitarbeiter, also als ein Telefonist unter rund 100 Mitarbeitern pro Schicht, der einfach nur Spaß mit den bestellenden Kunden hatte.

Er fand es nicht nervig, wenn ein Mädel ihre BH-Maße nicht wusste und ließ dann die ganze Güte eines Kundenberaters am Telefon walten, um ihre Maße in Erfahrung zu bringen.

Aber es waren ja nicht nur BHs. Ältere Kundinnen, die ihre Fenster nicht ausmessen konnten, weil sie kein Maßband hatten, beriet er genauso hervorragend. Sie alle lasen nämlich die Bild-Zeitung. Und damit hatte er sie dann während der telefonischen Bestellung die Fensterbank messen lassen und abschließend gefragt, ob die Fensterbank kniehoch oder höher montiert sei. Tja, dann wusste er, in welcher Größe ihre Gardinen zu bestellen waren.

Oder jener LKW-Fahrer, der mit Handy von der Autobahn anrief und einen Vibrator für eine seiner Geliebten bestellte und wissen wollte, ob auch Batterien im Lieferungsumfang enthalten seien und welche Größe hier wohl empfehlenswert sei.

Aber es gab nicht nur amüsante Anrufe. Da war eines Tages jene junge Frau, die ausschließlich Reizwäsche bestellte und das ungewöhnlich widerwillig. Im Laufe der Bestellung bemerkte er, dass sie die Sachen eigentlich gar nicht haben wollte. Wolle, stets engagiert, fragte sie, ob sie dazu gezwungen würde, was sie mit einem klaren Ja beantwortete.

Im bescheidenen Rahmen seiner Telekauftätigkeiten gab er ihr Handreichungen, wie sie sich die nächsten Tage von ihrem Vater fernhalten könne. Obwohl es für überdurchschnittlich lange Telefonzeiten, dieses um Effizienz bemühten Versandhauses, Ärger gab, nahm Wolle sich für diese Kundin viel Zeit, die erst sehr spät ihr wahres Alter mit 12 angab. Er nahm sich ihrer Situation an und suchte ernsthafte Lösungswege. Der Gewinnorientierung der Firma widersprechend stornierte er abschließend diesen Auftrag.

In seinem trivialen Job ging er wirklich auf. Mag sein, weil er diesen nicht hauptberuflich ausüben musste. Mag aber auch sein, dass Wolle wieder etwas um die Ohren hatte und er wieder eigenes Geld verdienen konnte. Diese so einfache Tätigkeit half Wolle mit den ständigen Ablehnungen und den Schikanen des Arbeitsamtes fertig zu werden.

Seine Grundstimmung wurde durch diesen Job jedenfalls spürbar besser. Es war schon seltsam, wie sehr das Wohlbefinden eines Menschen in Kartoffelhausen um die Jahrtausendwende davon abhängig war, ob er arbeiten konnte oder nicht.

Obschon die meisten arbeitenden Bürger angesichts ihrer zahlreichen Überstunden das Gegenteil, nämlich langen, bezahlten Urlaub, ja am liebsten sogar lebenslänglich, als erstrebenswertes Ideal ansahen. Und je mehr die arbeitende Bevölkerung von Kartoffelhausen arbeiten musste und jedes Jahr einen neuen Rekord an Überstunden aufstellte, desto größer wurde ihr Neid auf die inzwischen sehr gehassten Arbeitslosen. Eine neue Zweiklassengesellschaft schien die gewohnte Unterteilung in arm und reich überflüssig zu machen. Fortan unterschied man nur noch in arbeitende und nichtarbeitende Bürger, wobei bei den Letzteren ausschließlich Arbeitslose gemeint waren.

Dass die gegnerische Versicherung endlich den Unfall von vor anderthalb Jahren bezahlte und Wolle sein heißgeliebtes Auto nun endlich reparieren lassen konnte, tat ihm sichtbar gut. Von nun an polierte Wolle seinen Wagen wieder regelmäßig. Wegen seiner Geldknappheit allerdings nicht mehr jede Woche, sondern nur noch alle 14 Tage.

VII

„Wir lassen niemanden im Regen stehen"

Nachdem Wolle das Bewerbungsseminar absolviert und sich überaus initiativ beworben hatte, war sein Konto inzwischen hoffnungslos überzogen.

Seine Bank lud ihn zu einem Gespräch, das mit einem „Wir müssen da etwas tun" vom Bankkaufmann eingeleitet wurde. Man bot ihm einen Kredit an, damit er sein Konto ausgleichen könne. Wolle willigte dankbar ein, denn welche Bank gab in dieser Zeit einem Arbeitslosen einen großzügigen Kredit?

Dass er unter hohen Verlusten auch seine Lebensversicherung zur Teiltilgung der Kreditsumme verkaufen musste, störte ihn weniger. Durch die schnelle Teiltilgung erhielt er aber besonders günstige Konditionen. Es störte ihn daher nicht, dass er teure Versicherungen zusätzlich abschließen musste, denn diese gaben ja auch ein Gefühl von Sicherheit.

Wenn er sich sonst turnusmäßig beim Arbeitsamt melden musste, betrug die Wartezeit nicht selten bis zu drei Stunden.

Drei Stunden für einen Akt, der noch nicht einmal fünf Minuten dauerte, um bei der Dame in der Anmeldung sich auszuweisen und zu versichern, dass er noch keine Arbeit gefunden hätte. Aber dafür gab es einen Stempel in seine Unterlagen.

In Kartoffelhausen war das Sammeln modern geworden: Ob beim Einkaufen, Tanken, Fliegen, egal ob in der Videothek oder in anderen kundenbindenden Bonussystemen - ganz Kartoffelhausen sammelte mit großem Fleiß.

Einige Tage später wurde er beim Arbeitsamt vorgeladen. „Wir müssen da etwas tun", fing auch der Arbeitsamtvermittler das Gespräch an.

„Sie sind jetzt ja so lange arbeitslos. Wir haben Sie in spezielle Trainings gesteckt. Das alles hat ja überhaupt nichts gebracht! Wissen Sie eigentlich, wie teuer solche Trainingsmaßnahmen sind?"

Wolle schüttelte sein leicht gesenktes Haupt. Eine Körperhaltung, die er eigentlich immer auf diesem Amt einnahm.

Wenn er von seinem Vermittler zu einem Gespräch eingeladen war, wirkte die jeweils beigefügte Rechtsbelehrung wie eine Vorladung vor Gericht. Stets stereotyp fragte der Vermittler, ob er schon eine Arbeit gefunden habe und mutmaßte, er müsse sich halt noch mehr anstrengen und beendete jedes Gespräch mit allgemeinen Platituden, dass es ja alles schwer sei und man die Hoffnung nicht aufgeben dürfe.

Wolle hatte keine Ahnung, was dieses Bewerbungstraining dem Staat gekostet hat. Er wusste nur, dass er viele nützliche Tipps für erfolgreiche Bewerbungen bekommen hatte. Tipps, die ihn viel Geld gekostet hatten, welche der Staat nicht zurückerstattete.

Genaugenommen war es ihm egal geworden, was solche Maßnahmen kosteten. Es war ihm eigentlich alles egal geworden. Dass er Dank höherer Kreditraten jetzt kaum noch finanziellen Spielraum zum Leben hatte, widerte ihn an.

Auch das war in Kartoffelhausen um die Jahrtausendwende Realität, welche in der Politik mit einem „Bei uns muss keiner verhungern" schöngeredet wurde. Stimmte ja auch: Wolle war ja nicht verhungert.

„Warum finden Sie keine Arbeit?"

Wolle wusste es auch nicht. Er hatte einen guten Lebenslauf, war in einem hervorragenden Alter, lebte in einer Großstadt und wusste nun um die Raffinessen einer erfolgreichen Bewerbung. Warum fand er keine Arbeit? War er zu dumm dazu?

„Wenn ich Sie nicht schon eine Weile kennen würde, müsste ich annehmen, Sie seien unfähig", sinnierte der Vermittler.

Eigentlich hätte sich Wolle jetzt aufregen müssen. Eigentlich, aber er war viel zu sehr frustriert über sein Leben und seine Situation. Er war nicht mehr in der Lage, sich zu wehren und nickte.

„Jawohl, ich glaube auch, dass ich zu blöd dazu bin!"

„Und wie soll das mit Ihnen weitergehen?", fragte der Vermittler selbstherrlich.

„Wollen Sie Ihr Leben lang dem Staat auf der Tasche liegen? Den ganzen Tag faul auf dem Sofa sitzen und nichts tun? Wollen Sie das wirklich?"

Der Ton wurde gutsherrlich. „Ist ja auch ein einfaches Leben und so bequem!"

„Ich habe doch einen Job!", antwortete Wolle stolz. „Ich habe zwar noch nie so einfältige Arbeit verrichtet, aber irgendwie macht mir mein Versandhaus Spaß und dieser Job gibt mir inneren Auftrieb!"

„Das ist doch nichts", unterbrach der Vermittler. „Sie müssen wieder etwas Richtiges arbeiten! Mann, Sie sind jung! In Ihrem Alter, da haben wir gearbeitet, und wie!", sinnierte der Arbeitsamtsmensch „Gearbeitet, und wie! Davon können Sie sich heute alle eine Scheibe abschneiden, aber eine ganz dicke! Sie wissen doch heutzutage gar nicht mehr, was Arbeit heißt! Sechs Wochen Urlaub! Das ich nicht lache! Das hat es damals nicht gegeben!"

Ein Funke Widerstand weckte den Gedanken in Wolle, dass die als ach so gut beschriebene alte Zeit auch fünf Millionen Juden auf dem Gewissen hatte.

„Und Autos haben sie heute alle! Damals, oh, was sind wir gelaufen, nur um zur Arbeit zu kommen. Nee, damals gab es so etwas nicht. Auch keinen Gelben Zettel. Heute laufen sie doch alle zum Arzt, wenn ihnen mal die Nase läuft! Wir damals, wir haben hart für unser Geld gearbeitet!", setzte der Vermittler seine Predigt fort.

„Und weit über 20 Millionen Zwangsarbeiter", dachte Wolle bei sich.

„Wir haben damals Kartoffelhausen aufgebaut, und das mit unseren bloßen Händen, Stein für Stein! Wir hatten nichts zu essen! Gar nichts! Können Sie sich das überhaupt vorstellen?"

Wolle schüttelte höflich sein noch mehr gesenktes Haupt, obwohl er die letzte Zeit auch nicht gerade fürstlich gegessen hatte.

Der Vermittler schien in seinem Element zu sein. „Haben Sie eigentlich gedient, junger Mann?"

„Jawohl!", antwortete Wolle und dachte kleinlaut bei sich selbst „aber nur sechs Wochen, danach hatte ich dann verweigert!"

„Na, dann sollten Sie doch ein ganzer Kerl sein, oder?"

Wolle sprang auf, schlug die Hacken zusammen, stand still und dachte wieder still bei sich „nur ein halber Kerl! Denn die restlich Zeit hatte dann ich alten Menschen den Hintern abgewischt", und setzte sich wieder.

„Na, dann ist ja gut! Dann müssen und können wir etwas tun!"

Wolles Begeisterung hielt sich in Grenzen.

„Was halten Sie davon, wenn wir Sie für das moderne Berufsleben qualifizieren?“

„Gute Idee“, Wolles Reaktion. „Ich habe darüber auch schon lange nachgedacht!“ Stimmte zwar nicht ganz, denn viel mehr interessierte ihn, was er die kommenden Tage mit Tamara Schönes und vor allem Sparsames unternehmen könne.

„Ich habe mir schon lange gewünscht, dass Sie mir solch ein Angebot unterbreiten würden“, entgegnete er mit gespielter Begeisterung. „Ich freue mich, wie toll Sie sich um Ihre Arbeitslosen kümmern! Ein Job wäre ihm lieber gewesen.

„Ja, wir werden da mit Ihnen etwas machen müssen! Wie sieht es mit einer Qualifikation zum Berater für das Sanduhr-Anzeige-Programm aus? Für Sie mit Ihren guten EDV-Kenntnissen doch sicherlich reizvoll?!“

„Die werden gerade gesucht, was?“, fragte Wolle.

„Ja, und wie! Kaum ein Teilnehmer beendet seine Umschulungsmaßnahme! Die werden schon vorher aus den Kursen von den Firmen abgeworben! Sind gute Chancen für Sie. Denn das Sanduhranzeigeprogramm wird weltweit in allen Konzernen eingesetzt. Die Branche boomt!“

Dankend unterschrieb Wolle die entsprechenden Formulare und schrieb seine Bewerbung, besuchte die Einstellungstests und bestand auch die Bewerbungsgespräche, denn nur jeder fünfte Bewerber wurde auch in solchen Maßnahmen geschult. Und so besuchte er zusammen mit vielen Naturwissenschaftlern, Juristen, Vertriebsleitern und Vollkaufleuten die einjährige Ausbildung und schrieb Woche für Woche Klausuren. Er schrieb eine gute Note nach der anderen, weil er nach einem jeden ganztägigen Unterrichtstag daheim den Unterrichtsstoff gewissenhaft oft bis spät in die Nacht aufarbeitete.

Damit der Erfolg der Umschulung nicht gefährdet würde, kündigte Wolle sogar seinen geliebten Aushilfsjob im Versandhaus. Wolles ganzes Leben kannte nur noch diesen einen Inhalt: Den Erfolg der Umschulung. Zeit für seine Freunde, welche trotz Arbeitslosigkeit immer noch zu ihm hielten, hatte er jetzt kaum mehr. Noch weniger für seine Tamara.

Der Obersatan hatte wieder einmal eine neue und noch erfolgreichere Kampagne gestartet:

„WIR-LASSEN-NIEMANDEN-IM-REGEN-STEHEN –

DARUM-KANN-ES-ENDLICH-REGNEN!"

Eine Kampagne, in der Arbeitslose geschult wurden, eine Software zu verstehen, zu programmieren und anzuwenden, welche sehr viele Betriebsabläufe optimiert, steuert und somit in allen wichtigen Bereichen einer jeden Firma auch die Zahl der Beschäftigten optimiert. Einkaufs -und Vertriebsstrukturen, Buchhaltung, Lagerverwaltung, Produktionsplanungen, Personalwesen und Qualitätsmanagement, es gab einfach nichts, was diese Software nicht konnte, vom Kaffeekochen einmal abgesehen.

Überall konnte man mit dieser Software bis zu einem Viertel der Belegschaft einsparen. Diese Software war geradezu darauf angelegt, Jobs zu vernichten. Eine zynische Kampagne, in der der Bock zum Gärtner, das Opfer zum Täter, der Arbeitslose zum Jobkiller mutierte.

Aber der Obersatan war nicht umsonst einst der Fürst der Unterwelt, wenn er nicht auch jetzt sein Reich erfolgreich aufzubauen suchte: Er lancierte zwei seiner ehemaligen Arbeitnehmer, zwei Kobolde, in entscheidende Positionen der Politik.

Ein Kobold übernahm das Toffelbüro für Arbeit. Ein weiterer wurde Untertoffel im Toffelbüro für Finanzen. Zuvor mussten sie in einer Hungerkur ihre Bierbäuche abhungern.

Einer zahnärztlichen Wunderbehandlung verdankten sie ihre jetzt so strahlend weißen Zähne. Auch ihre fettigweißen Haare wurden durch friseurische Meisterleistung gefärbt und sahen seitdem sehr seriös aus. Den Rest erledigte das Auswechseln der ranzigen Shorts durch Flanellanzüge. Das geliebte Bier tauschten sie allerdings nur widerwillig gegen salonfähige Cocktails ein.

Nun konnte der Leiter der Toffelanstalt für Arbeit selbst die Nachfrage für seinen ehemaligen Familienbetrieb gestalten.

Firmen, die jetzt Mitarbeiter wegrationalisieren wollten, konnten nun die entsprechenden Kosten von der Steuer absetzen. Jede um Optimierung bemühte Firma wurde der moralischen Fürsorgepflicht entbunden, in dem der Staat für alle Arbeitslose zu sorgen versprach - man brauche als Unternehmer kein schlechtes Gewissen mehr zu haben, einen Mitarbeiter zu entlassen, schließlich finge das soziale Netz jeden auf und keiner bräuchte zu hungern.

Und so entließen viele Firmen ihre Mitarbeiter und kauften sich für das somit ersparte Geld die teure Wundersoftware, welche sie wiederum von der Steuer absetzen konnten. Und jüngst ließ das Arbeitsamt Arbeitslose speziell darauf schulen, diese Software weiter zu verbreiten.

Die Schulungsmaßnahmen waren übrigens auch sündhaft teuer, was die schulenden Unternehmen allerdings vom Arbeitsamt erstattet bekamen.

Gedanken, wer die Steuergelder für die Arbeitslosen aufbringen und wodurch die hohen Steuerersparnisse der Firmen gedeckt werden könnten und woher die Gelder für die Schulungsmaßnahmen kommen sollten, machte sich Obersatan nicht. Es war ihm egal, Hauptsache sein Untertoffel vom Toffelbüro für Finanzen würde dies haushaltstechnisch hinbekommen.

„WIR-LASSEN-NIEMANDEN-IM-REGEN-STEHEN - DARUM-LASST-ES-ENDLICH-REGNEN!", war die bis dahin bemerkenswerteste Kampagne, die Kartoffelhausen je erlebte.

Es regnete stark für alle Menschen in diesem Lande, und auch für Wolle. Denn für den Besuch einer solchen Schulungsmaßnahme gab es Fahrgeld. Aber nicht für Wolle. Hier hatte das Arbeitsamt nicht genügend Zeit, die entsprechenden Gelder anzuweisen.

Obwohl er seit Schulungsbeginn keinen Nebenjob mehr hatte, zog das Arbeitsamt ihm jeden Monat immer noch fleißig ein Drittel von seinem Arbeitslosengeld ab.

Nun fehlte Wolle das Geld aus dem Nebenjob. Er bekam faktisch nur einen Teil des ihm zustehenden Arbeitslosengeldes und außerdem wurde ihm kein Fahrgeld überwiesen.

Keine Beschwerde vermochte diesen Umstand zu ändern - so sehr regnete es.

So lebte Wolle das erste halbe Jahr der Umschulung monatlich von acht Packungen Brot. Aufschnitt gab es nur jeden zweiten Tag, für mehr reichte es nicht bei diesem Regen - warme Mahlzeiten gab es nur noch selten.

„An den Leiter

des Arbeitsamtes in Fischhochburg

Fischhochburg, 6. Juni

- Beschwerde -

Sehr geehrter Herr Mars,

seit Anfang des Jahres absolviere ich eine Umschulung. Ich bekomme seitdem aber nicht die Gelder, auf die ich angewiesen bin. Es hat sich weder etwas im Februar getan, noch im März, noch im April, noch im Mai und nunmehr auch im Juni nichts. Trotz ungezählter fernmündlicher, persönlicher und schriftlicher Nachfragen hat sich innerhalb von sechs Monaten (!) bei Ihnen nichts getan.

Die Kolleginnen der Leistungsstelle hatten mir im Mai lapidar nahegelegt, dass, „wenn es zu lange dauert", ich ja Beschwerde einlegen könne, was ich hiermit tue:

1.) Mein Geld ist seit Januar immer noch nicht neu berechnet worden.

2.) Mir stehen seit Januar monatlich rund 30 % mehr zu.

3.) Sie schaffen es immer noch nicht, mir Fahrgeld zu überweisen, was wohl eine behördliche Einladung darstellen soll, weiterhin schwarz zu fahren.

Wollen Sie mir bitte sagen, wie unter diesen Umständen ein Umschüler an einer von Ihnen geförderten Maßnahme teilnehmen soll?

Aufgrund längerer Arbeitslosigkeit vor Maßnahmenbeginn sind alle meine finanziellen Reserven gänzlich aufgebraucht. Aufgrund des Versäumnisses des Arbeitsamtes, mir mein Unterhaltsgeld fristgerecht und in vollständiger Höhe anzuweisen, hat sich meine Situation drastisch verschlechtert:

1.) Ich kann meine Wohnung leider nicht mehr halten.

2.) Ich kann aufgrund veralteter Bescheide über meine Bezüge keine neue Wohnung anmieten.

3.) Ich würde gerne noch vor der Sommerpause Bewerbungen schreiben, aber ich habe hierfür absolut kein Geld und kann nicht mehr in Vorleistung treten.

Menschlich bitte ich Sie, dass Sie alles in Ihrer Macht stehende tun mögen, um zu verhindern, dass es demnächst einen Obdachlosen mehr in dieser Stadt gibt. Ich bitte Sie inständig, dass Sie einem ehemals Langzeitarbeitslosen die Chancen, die er durch eine Umschulung von Ihnen bekommen hat, nicht durch behördliche Trödelei und Schlampigkeit sinnlos zu verspielen. Als Leiter des Arbeitsamtes erwarte ich von Ihnen, dass Sie dafür Sorge tragen, dass simple Anträge auf Neuberechnung von Unterhaltsgeldern sich nicht über ein halbes Jahr erstrecken, was in meinem Fall zu einer Überschuldung und einer hohen psychischen Belastung geführt hat, und in Bälde auch zu einer sozialen Verelendung führt.

Sollte ich bis zum 23. Juni immer noch keinen aktuellen Bescheid sowie einen vollständigen Zahlungseingang erhalten haben, behalte ich mir vor, Beschwerde an vorgesetzter Stelle einzulegen. Da ich ab Ende des Monats absolut nichts mehr zu verlieren habe, behalte ich mir allerdings vor, mich an die Öffentlichkeit zu wenden. Eine Kopie dieses Schreibens ergeht daher vertraulich und lediglich zur Kenntnisnahme an die größeren Zeitungsverleger Fischhochburgs, sowie an die ortsansässigen Rundfunkanstalten - eine detaillierte Darstellung meines Falles wird unter genannten Umständen zum Monatsende erfolgen. Eine Kopie ergeht darüber hinaus an das Finanzamt, die Sparkasse, meinen Vermieter, meine Krankenkasse und vorsorglich an einen befreundeten Juristen.

Mit freundlichen Grüßen

Wolle

VIII

Ab ins Bordell!

Mit frustriertem und Wodka-Redbull benebelten Geist wankte Amor über eine kleine Seitenstraße. Wollte denn keiner einem erfahrenen Handwerker einen richtigen Job anbieten? Wer hatte schon Berufserfahrung über Jahrtausende vorzuweisen? War er schon zu alt?

Damals war alles besser, dachte er sich. Die Nachfrage nach ernsthaftem Handwerk war einfach größer. Aber heute? Wer will denn heute noch Pfeil und Bogen?

Mit gesenktem Haupt und etwas neidisch musterte er die jungen Menschen um sich herum. Warum wurden, wenn überhaupt, nur noch junge Menschen eingestellt und warum nicht auch ältere Götter a.D.? Warum nur? Amor kam mit seinem Frührentnerdasein doch nicht so gut klar, wie er es sich eingestand.

Im Widerschein eines spärlich beleuchteten Schaufensters erblickte er sein Ebenbild und erschrak: „Du hast ja echt nachgelassen, alter Junge", sagte er sich. „Wo ist dein herrlich blondes Haar geblieben?" Die wenigen Haare auf seinem Haupt waren über die letzten Jahrhunderte ergraut.

„Und dann diese Tränensäcke, starke Falten und diese weinbrandrot leuchtende Nase. Gott, du siehst wirklich nicht mehr attraktiv aus!"

„Hallo, Süßer!"

„Wer war das? Galt das mir?", fragte sich Amor und blickte auf.

„Ja, du, süßer Opa. Du siehst aus, als wenn du einen guten Tropfen in gemütlicher Atmosphäre gebrauchen könntest", sagte eine junge Dame, welche im Eingang zur rötlich beleuchteten Bar stand. Club-Siebter-Himmel, irgendwie ein seltsamer Name für eine Kneipe, dachte sich Amor. Aber seitdem er zu alt für die Himmelswelt geworden war, hatte er stets Sehnsucht nach zu Hause. Ob dieser Name hält, was er verspricht? Da Alkoholiker immer Durst haben, torkelte er auf die Dame zu.

„Na, komm schon rein! Bei uns wirst du behandelt wie ein junger Gott!" Das weckte heimische Gefühle in Amor. Und so beschloss er, in gemütlicher Atmosphäre am Tresen zu sitzen und sich so zu fühlen wie damals.

„Ein Bierchen bitte, aber vom Fass", lallte Amor in Richtung der attraktiven Tresenkraft mit beeindruckendem Dekolleté.

„Champagner!", rief eine der anwesenden weiblichen Gäste und klopfte ihm dabei auf seine besoffene Schulter. Amor kippte vom Barhocker, den er kurz zuvor recht umständlich und in zähem Kampf erobert hatte. Aber dem jungen, weiblichen Gast schien das nichts auszumachen.

Irgendwie hatte sie damit wohl gerechnet. Warum konnte sie ihn sonst so reaktionsschnell auffangen und in ihre Arme schließen?

„Hoppla, du gehst ja schnell zur Sache, Süßer!", flüsterte sie ihm in sein betrunkenes Ohr. Amor versuchte mit seinen göttlichen und ebenfalls betrunkenen Augen die verschwommene Dame schärfer wahrzunehmen. Sein Kopf wankte sie musternd folglich leicht nach vorne, leicht nach hinten.

„Nimm es mir nicht übel, aber ich kriege dich nicht ganz scharf ..."

„Opa, du bist ein wirklicher Draufgänger. Kaum dass ich mich dir nähere, nimmst du mich in den Arm. Jetzt willst du mich scharf machen ... Ich mag Männer, die wissen, was sie wollen", frohlockte der weibliche Gast, „und das sind meistens nur die Männer mit Erfahrung, so wie du. Natürlich kriegst du mich scharf! Ich bin ganz versessen auf reife Männer!"

Amor fand seinen Barhocker wieder, bedankte sich bei dem weiblichen Gast und wandte sich seinem Glas Bier zu. Der weibliche Gast schob das Glas weg.

„Wir wollen Champagner!", rief sie.

„Weißt du eigentlich, wer ich bin?", wollte Amor wissen.

„Klar, wirst heute Abend mein Liebesgott sein, Opa." Sollte es tatsächlich einen Menschen geben, der noch wusste, wer er ist? Sollten sich die Menschen doch noch an seine großen Heldentaten erinnern? Amor wurde warm ums Herz. Würde er wieder gebraucht und gefragt sein? Sollte dieses hübsche Wesen seine Hilfe benötigen?

„Du weißt also, wer ich bin?" Amor konnte sein Glück kaum fassen. Und denn noch so eine junge und wirklich hinreißend bekleidete Frau. „`S muss heute mein Glückstag sein. Endlich erkennen die Menschen wieder, wer ich bin!"

„Wollen wir auf mein Zimmer gehen?" Das hätte Amor auch nicht so ganz richtig verstanden, selbst wenn er nüchtern gewesen wäre.

„Wieso auf dein Zimmer? Du wohnst hier in einer Kneipe?"

„Ja, warum nicht? Ich arbeite hier auch!"

„Dann bist du bestimmt die Tochter vom Besitzer und hilfst hier im Betrieb aus? Dann will ich dich nicht bei deiner Arbeit stören, nachher kriegst du noch Ärger, dass du hier alles stehen und liegen lässt. Aber ich kann dir nach Feierabend helfen!"

„Nö, das passt schon. Da kriege ich keinen Ärger. Im Gegenteil. Man freut sich hier, wenn ich mich mit ausgewählten Kunden zurückziehe! Laura, wir gehen auf Zimmer 14!" Die Tresenkraft nickte.

Amor folgte dem weiblichen Gast, jenem einzigartigen und hilfsbedürftigen Wesen, das ihn auf Anhieb wiederkannte. Allerdings stutzte er über die zahlreichen Nacktskulpturen, an denen sie vorbeigingen. Damals wurde Nacktheit in keiner Kneipe so offen zur Schau gestellt. Gott, wie sich die Zeiten ändern.

„Wieso gibt es hier verschiedene Zimmernummern?", wollte Amor wissen.

„Weil hier noch viele andere Mädchen wohnen."

„Dann habt Ihr ja viele Angestellte - aber warum wohnen die hier? Haben die kein Zuhause?"

Die Dame wurde merklich nachdenklicher und antwortete ernsthaft.

„Nein, die wurden alle vom Arbeitsamt als Hotelfach-
frauen hierher vermittelt. Sie wohnen jetzt auch hier. Da
wir wegen unserer Arbeitslosigkeit ziemlich arm sind,
können wir uns leider keinen langen Anfahrtsweg leisten
- du weißt schon: Diese Ökosteuer! Sie haben jetzt
keinen weiten Anfahrtsweg zur Arbeit mehr. Wir alle sind
wie eine große Familie!"

Über solch einen für diese Zeiten unerwarteten Familien-
sinn freute sich Amor.

„Ich muss dir etwas gestehen", lallte Amor, als sie die
Tür aufschloss, „ich habe mein Handwerkszeugs nicht
dabei, ich weiß also nicht, ob ich dir helfen kann".

Die junge Hotelfachfrau grinste „Du brauchst kein
Werkzeug! Ich weiß uns schon weiterzuhelfen ..."

IX

Nach der Umschulung

Nach der Umschulung war Wolle also noch nicht verhungert, aber dafür wieder arbeitslos. Kartoffelhausen ging nämlich gerade auf den Wechsel in ein besseres und digitalisiertes Jahrtausend zu. Mit Fleiß verwandelten die Kartoffelhausener schon seit vielen Jahren ihre reale Welt in eine datenverarbeitende, von der man sich besonders ertragreiche Ernten virtueller Kartoffeln versprach.

Da noch kein EDV-System einen Jahrtausendwechsel vollzogen hatte, bestand eine große Angst davor, dass Silvester die Computer stehen bleiben oder ab Neujahr falsch datieren und somit falsch rechnen würden. Keiner konnte sich vorstellen, was passieren würde, wenn der Großrechner einer Bank den Sprung ins kommende Jahrtausend falsch vollziehen und etwa ein Jahrhundert zurückspringen würde - würden angelegte Gelder um ein Jahrhundert nachverzinst werden oder müssten die Kreditnehmer nun die Raten für hundert Jahre nachzahlen?

Würden Flugzeuge abstürzen?

Keiner wusste mit absoluter Gewissheit, was mit den Computern in der Silvesternacht passieren würde. Deswegen investierte die Wirtschaft in diesem Jahr nicht mehr in den Ausbau und die Einführung neuer EDV-Systeme. Systemerhalt wurde groß geschrieben und alle entsprechenden Gelder wurden in kostspielige Projekte investiert, die dafür Sorge trugen, dass die datenverarbeitende Welt und die virtuellen Kartoffeln heil ins nächste Jahrtausend kommen sollten.

Da Wolle nun erfolgreich als Berater für das Sanduhranzeigeprogramm mit einem glatten Einserzeugnis bestens qualifiziert war, aufwändige Software in Betriebe einzuführen, war er wie alle anderen Kollegen aus der Umschulung wieder arbeitslos. Nach der Umschulung wurde somit eigentlich jeder das, was er vor der Schule auch schon gewesen war.

Der halbjährigen Zermürbungstaktik des Arbeitsamtes, in der er rund 15 Kilo Gewicht verloren hatte, musste er nun ebenso Tribut zollen, wie der harten Umschulung, die volle Aufmerksamkeit, viele Klausuren und sehr viele Hausaufgaben erforderlich machte.

Wolle war so urlaubsreif wie selten in seinem Leben zuvor.

War er in den Zeiten seiner bisherigen Arbeitslosig-keitsphasen häufig depressiv, war er jetzt ausgelaugt und depressiv und hungrig. Enttäuscht, weil alle seine Bemühungen vergebens waren. Fragen ohne Antworten kamen in ihm hoch: Wozu hatte er sich wieder einmal überdurchschnittlich viel Mühe gegeben? Wozu hatte er alle seine Energie in diese Umschulung gesteckt?

Wozu hatte er seine Beziehung aufs Spiel gesetzt und verloren?

Wolle war allein. Keine Arbeit, kein Geld, kein geiler Nebenjob, keine Tamara, keine Lust zu leben.

Er ging nicht mehr zum Briefkasten, es waren ohnehin nur Mahnungen, die er nicht bezahlen konnte.

Was tun? Vielleicht wieder initiativ bewerben? Doch hierzu brauchte er ein Telefon. Seins war inzwischen stillgelegt worden.

Vielleicht Stellenangebote in Zeitungen lesen, deren Anzeigen in dieser Zeit um 70 Prozent zurückgegangen und von den verbleibenden 30 Prozent nur zwei Drittel ernst gemeint waren?

Was tun? Zu seiner Tamara fahren und sie im Sturm zurückerobern? Sagen, dass das Leben lebenswert und schön sei? Sagen, dass er eine großartige Zukunft vor sich habe, weil er wieder Lebensmut gefunden hätte?

Was sollte er ihr sagen? Dass es ihm wieder einmal leid tat, wie er sie vernachlässigt und wie egoistisch er an sein Vorankommen während der Umschulung gedacht habe. Und dass er jetzt ein geläuteter Mann sei?

Wolle stand nicht mehr aus seinem Bett auf, blieb liegen. Die Wohnung fest verschlossen, die Jalousien ganztägig zu. Bloß keinen Kontakt zur Außenwelt. Diese Welt, die einen nur verletzt, neue Träume und Illusionen als lebenswerte Ziele vorgaukelt und doch nur Lug und Trug ist. Jene Welt, in der nur überlebt, wer andere unterbuttert und verarscht.

Die Wohnung blieb verschlossen. Er schaltete weder Fernseher noch Radio an. Er wollte nichts mehr hören und sehen. Keine Politiker, welche den Bürgern glauben machen, alles würde besser werden, wenn alle sich nur noch ein wenig mehr bescheiden würden.

Auch keine Werbung für besonders schnelllöslichen Kaffee und auch keine Werbung über Produkte, die seine Zähne in strahlendes Weiß verwandeln würden.

Er hatte nichts mehr zu lachen. Die Witze der Komödianten im Fernsehen wirkten auf Wolle wie Grundschüler, welche Gedichte rezitieren: Leblos, ohne jeden Gehalt. Reine Effekthascherei.

Vielleicht hätte Wolle seine Gedanken aufschreiben können, wenn sein Computer noch intakt wäre. Doch dieser war während der Umschulung leider kaputt gegangen und seine Bank hatte keinen Grund, einem EDV-Umschüler einen neuen Computer zu finanzieren.

Wolle schämte sich vor seinen Nachbarn. Was sollten die bloß von ihm denken?

Es war noch früh am Morgen, als der Postbote klingelte.

„Hallo Wolle, Ihr Briefkasten quillt über. Sie waren doch immer so freundlich. Und da habe ich mir Sorgen um Sie gemacht. Ich dachte mir, ich bringe Ihnen Ihre Post mal persönlich vorbei."

Wolle bedankte sich und nahm die Post entgegen. Darunter Post vom Arbeitsamt. Sollten die etwa einen Job haben? Er öffnete den Umschlag.

„Wir möchten mit Ihnen über Ihre Bewerbersituation sprechen, kommen Sie daher ...."

„Herrjeh! Das ist ja heute in drei Stunden! Wenn ich da nicht hingehe, dann streichen die mir das letzte wenige Geld, das ich noch bekomme."

Wolle zog sich an und ging zum Arbeitsamt.

„Da sind Sie ja!", grüßte der für Wolle neue Vermittler mit beamteter Monotonie. „Wir haben Sie ja für teures Geld qualifiziert. Was hat sich inzwischen getan?"

„Nichts!", antwortete Wolle kurz und leise.

„Nichts?" Der Vermittler war dafür um so lauter. „Was heißt hier `Nichts´? Soll das etwa heißen, dass Sie nichts finden?" Wolle nickte.

„Das ist ja allerhand!" Wieder begann so eine dämliche Schimpftirade. „Lesen Sie denn keine Anzeigen in den Zeitungen?"

„Doch, schon."

„Na, dann müssten Sie doch viele Bewerbungen geschrieben haben!" Wolle nickte stumm.

„Wissen Sie was? Ich glaube, Sie wollen gar nicht arbeiten. Lieber sitzen Sie faul herum! Ich werde Sie daher ab sofort sehr regelmäßig zu einem Gespräch bei mir einladen. Ich werde Sie jetzt sehr genau beobachten. Sie hören von mir!", und wies Wolle zur Tür.

Von da an begann wochenlanger Terror. Mal wurde Wolle einmal, mal zweimal pro Woche zum Verhör aufs Arbeitsamt eingeladen. Die Terminsetzung war dabei äußerst knapp. Mal kam die Post zwei Tage vor Termin, mal einen Tag vorher, mal am selben Tag.

Würde Wolle auch nur einen Termin nicht wahrnehmen, und sei es, dass die Post zu spät zugestellt wurde, würden ihm die Gelder gestrichen werden. Und so ging er regelmäßig zum Arbeitsamt, nur um diese zwei Fragen und diesen einen Satz zu hören: „Was hat sich in der Zwischenzeit getan? Nichts? Sie hören von uns!"

Ein Termin war mit zehn Minuten vor Öffnung des Amtes besonders ehrgeizig gelegt. Also stand Wolle vor verschlossener Tür und kam somit zehn Minuten zu spät zum Verhör.

„Sie kommen zu spät! Ist das so Ihre Art, ja?"

„Nein, aber die Tür war noch verschlossen!"

„Schnickschnack! Es gibt doch Klingeln!"

„Aber da hat doch keiner aufgemacht, Sie sind doch eine Behörde!"

„Schnickschnack! Sie hätten mich über Handy anrufen können, dass Sie vor verschlossener Tür stehen!"

„Dazu müsste ich mir erst einmal ein Handy leisten können!"

„Kommen Sie mir nicht so! Wenn Sie sich so auch in der Arbeitswelt verhalten und ständig zu spät kommen, dann sind Sie unbrauchbar für die Arbeitswelt! Ich glaube, Sie sind arbeitsunwillig. Ich werde Ihnen wohl die Gelder streichen müssen!"

Warum auch immer, aber irgendetwas regte sich in Wolle. Ein Gefühl, das er lange nicht mehr kannte, wurde in ihm wach.

„Okay, dann gehe ich jetzt zum Amtsleiter und schildere ihm diese Situation. Und falls es auf diesem Amt so üblich ist, die Zahl der Arbeitslosen zu reduzieren, indem Sie diese außerhalb der Öffnungszeiten vorladen und ihnen dann daraus einen Strick drehen, dann werde ich wohl heute noch mit dieser Schikane an die Öffentlichkeit gehen!"

Der Vermittler wurde etwas versöhnlicher. „Sie kommen dieses Mal mit einem blauen Auge davon! Ich verwarne Sie hiermit nur mündlich. Seien Sie das nächste Mal bitte pünktlicher!"

Wolle nickte. „Wenn Sie bitte meiner Unvollkommenheit und Arbeitsunwilligkeit sehr entgegen kommen und mich bitte innerhalb der Öffnungszeiten vorladen würden!"

Und so ging das Spiel viele Wochen lang. Es war nämlich unter ehrgeizigen Amtsleitern übliche Praxis, die Arbeitslosen so häufig und knapp wie möglich einzuladen, in der Absicht, dass mal ein Termin zu spät oder gar nicht wahrgenommen würde.

Aber ein Gutes hatte diese Schikane: Wolle stand jetzt wieder täglich auf, um seinen Briefkasten zu leeren.

„Wissen Sie was, Wolle? Sie gehen am besten in die Zeitarbeit!"

Wolle stutzte. „Zeitarbeit, ist das nicht wie ein moderner Sklavenhandel?"

„Also, diese Äußerung habe ich jetzt überhört. Ich könnte Ihnen die Zeitarbeit auch anordnen! Aber zu Ihren Sorgen: Das ist heute nicht mehr so. Alle großen Zeitarbeitsfirmen haben Tarifverträge und Betriebsräte. Der Mitarbeiter hat Anspruch auf Urlaub und, wussten Sie das schon, jeder Dritte wird fest vom entleihenden Betrieb übernommen?!"

Wolle wusste es nicht. Das hatte er nicht vermutet, dass so viele Zeitarbeiter wieder auf den ersten Arbeitsmarkt kommen.

„Das ist doch Ihre Chance! Sie kommen herum und lernen viel dazu! Und wo es Ihnen gefällt, da werden Sie übernommen! Aber nur, wenn es Ihnen dort gefällt. Betrachten Sie Zeitarbeit als eine Art Praktikum, in dem Sie die Firmen sehr gut kennen lernen. Sie kommen somit sehr elegant wieder auf den ersten Arbeitsmarkt!"

„Aber ist das nicht eher etwas für Menschen mit minderer Qualifikation?", wollte Wolle wissen.

„Zeitarbeit ist heutzutage auch etwas für Menschen mit hohen Qualifikationen. Selbst Abteilungsleiter kann man heute über Zeitarbeit ausleihen. Die Zeiten, in denen hier nur Aushilfsjobs verrichtet wurden, sind vorbei."

Wolle dachte nach. „Vielleicht haben Sie recht. Es ist wohl besser, einen Spatz in der Hand zu haben, als eine Taube auf dem Dach."

Der Vermittler lächelte „Genau, Sie haben sich ja so lange bemüht, irgendwo unter zu kommen! Sind ja auch schwierige Zeiten."

Wie so oft zuvor regte sich wieder ein Funke Hoffnung. Und so ging er zur im Ort ansässigen Zeitarbeit, welche international einen besonders guten Ruf hatte.

„Wir werden Sie einstellen! Wir bieten Ihnen eine 35-Stundenwoche, einen einheitlichen mit den Gewerkschaften abgestimmten Tarif, Urlaubsgeld und Weihnachtsgeld. Sie kommen sehr viel in der Weltgeschichte herum und lernen viele Betriebe kennen. Und in jedem Einsatz lernen Sie auch für sich und Ihr berufliches Vorankommen viel dazu. Wer einige Jahre Zeitarbeit in seinem Lebenslauf vorzuweisen hat, ist heutzutage aufgrund seiner bewiesenen Flexibilität in der Wirtschaft sehr begehrt."

Ständig neue Herausforderungen, das klang wie Musik in Wolles Ohren.

„Wenn Ihnen das alles zusagt, dann würden wir Sie gerne nehmen, sehr gern sogar! Sie haben sehr gute Referenzen. Da kann man ja nicht Nein sagen!"

„Dann lassen Sie uns gleich ans Werk gehen und einen Arbeitsvertrag aufsetzen!"

Sollte sich alles Warten gelohnt haben und alle Mühe der letzten Jahre? Sollte er doch wieder Arbeit gefunden haben, wieder zu etwas nütze sein in dieser Welt der Nutzlosigkeiten?

Aber was würde seine Freundin, so er eine hätte, jetzt sagen und von ihm denken? Würde sie sich mit ihm freuen, dass er eine Arbeit gefunden habe? Oder würde sie die Nase rümpfen und sich fragen, wie sie jetzt vor ihren Freundinnen dastehen würde und ihr Freund bloßer Zeitarbeiter sei?

Nichts Besonderes, nichts, worauf man Stolz sein könnte, nichts zum Angeben, nichts mit Perspektive und vor allem: Nichts, was Geld einbringt, Geld zum Leben, für Unternehmungen, Geld für Geschenke, kein Geld, um eine Familie zu ernähren.

Was würde sie jetzt sagen? Etwa, dass es eine hervorragende Idee sei, einen Job anzunehmen, dessen Bezahlung deutlich unter seinem Arbeitslosengeld liegt?

Aber so schlimm, wie es auf den ersten Blick aussah, war es gar nicht. Wolle rechnete aus, dass, wenn er die steuerlichen Vorteile dieser Tätigkeit voll ausschöpfen würde, er zusammen mit den satten Steuererstattungen jeweils ein Jahr später immerhin rückwirkend in der Gesamtsumme das Gehalt eines Tankstellenhelfers erwirtschaften würde. Und schließlich sollte er ja auch in Zeiten ohne Aufträge für das Nichtstun Geld bekommen. Also müsste man das vermeintlich spärliche Jahresgehalt zuzüglich der Steuererstattung durch die Anzahl der Arbeitstage dividieren, also abzüglich Urlaub, Krankheit und Zeiten ohne Aufträge. Wolle rechnete schnell und kam rechnerisch auf das Gehalt eines Altenpflegers.

Aber es war besser eine Arbeit zu haben, als den Vorurteilen der anderen entsprechend dumm zu Hause rumzuhängen. Und wenn tatsächlich jeder Dritte übernommen werden würde, dann müsste rein rechnerisch nach drei verschiedenen Einsätzen mindestens ein Übernahmeangebot kommen. Dafür war Wolle gerne bereit, wieder einmal alles zu geben und auf einen Teil des Gehaltes zu verzichten, welchen er in einer vergleichbaren Tätigkeit als Festangestellter auf dem ersten Arbeitsmarkt erzielt hätte.

„Heute haben wir ja noch keinen Einsatz für Sie. Wenn wir einen Kundenauftrag haben, den Sie gut erfüllen können, dann melden wir uns bei Ihnen. Das wird bei Ihren Qualifikationen nicht lange dauern. Und dann legen wir auch sofort los."

Es dauerte wirklich nur eine kurze Zeit, bis der Personaldisponent Wolle zu einem Gespräch einlud.

„Wir haben da jetzt einen Superauftrag!"

„Was bieten Sie mir an?", wollte Wolle wissen.

„Einkauf! Händeringend sucht da eine Firma gute Einkäufer. Ich weiß, dass Sie noch nie im Einkauf gearbeitet haben, aber mit Ihren Qualifikationen ist das bestimmt kein Problem für Sie! Sie sind unser Mann! Was der Kunde erwartet, erfüllen Sie locker. Natürlich werden Sie dort ausführlich eingearbeitet und dann als eigenständiger Einkäufer tätig!"

Wolle fühlte sich vom ersten Tag an bei seiner Zeitarbeitsfirma gut aufgehoben. Während er vom Arbeitsamt im Stich gelassen wurde, versuchte sein Personaldisponent, trotz aller Kompromisse, immer wieder individuelle Lösungen für Wolle zu finden und hielt in ganz Nordkartoffelhausen Ausschau nach interessanten und anspruchsvollen Kundenaufträgen.

Dafür war Wolle gerne bereit, lange Anfahrtswege in Kauf zu nehmen.

X

Zeitarbeit

Der erste Betrieb, in dem Wolle auf Zeit eingesetzt wurde, hatte gerade eine schwierige Umstrukturierung hinter sich gebracht. Fortan sollte eine zentrale Einkaufsorganisation alle bisherigen dezentralen ablösen, die Geschäftsprozesse optimieren und Synergieeffekte nutzbar machen, sowie durch die geballte Einkaufskraft bessere Einkaufspreise am Markt erzielen. Und so wurden zehn Prozent aller dezentralen Einkäufer zentralisiert, die anderen 90 Prozent wurden optimiert und kurzum entlassen, wenn sie nicht bereit waren, anderen Aufgabenbereichen zur Verfügung zu stehen.

Die versprochenen Synergieeffekte blieben in der Startphase aus, weil die zuständige Unternehmensberatung übersehen hatte, dass nebst zentralisierten Einkäufern und Büroräumlichkeiten vielleicht auch zentralisierte Büromöbel, Computer und Telefone nützlich sein könnten. Also wurde in Windeseile möbliert und installiert. Nur blieb in dieser Zeit die optimierte Arbeit auf der Strecke. Ein Berg an Arbeit türmte sich auf. Nicht zu schaffen für die verbleibende Resttruppe Einkäufer.

Also wurden auf die Schnelle 20 Zeitarbeiter engagiert, um die Rückstände abzuarbeiten, welche durchaus längere Zeit dort arbeiten konnten, denn die Unternehmensberatung war ausschließlich durch technikorientierte Männer erfolgt. Dass auch die Speisen für alle dezentrale Kantinen beschafft werden wollten, hatte man im Eifer des Einsparungsgefechts übersehen.

„Es ist immer wieder erstaunlich, welche qualifizierten Fachleute man heutzutage bequem über die Zeitarbeit bekommen kann!", beendete der Abteilungsleiter das Vorstellungsgespräch zu Wolles zweiten Kundeneinsatz.

Der zweite entleihende Betrieb suchte einen projekterfahrenen Zeitarbeiter mit betriebswirtschaftlichem und logistischem Hintergrund. Hier sollte ein neues Zentrallager zum Laufen gebracht werden. Zuvor liefen die vielen kleinen Läger hervorragend, aber nun, wo alles zentral abgewickelt werden sollte, lief nichts mehr. Für diese Projektarbeit suchte man ausdrücklich eine externe Kraft, da alle potentiell möglichen Mitarbeiter soweit optimiert wurden, dass niemand mehr Zeit hatte, in Projekten nebenbei zu arbeiten. Mehrere Unternehmensberatungen hatten viel beraten und jede Menge Geld dafür kassiert, nur das Lager zum Laufen hatten sie nicht gekriegt.

Der dritte Betrieb war eine reine Beratungsfirma für das Sanduhranzeigeprogramm. Der Geschäftsinhaber befand sich scheidungsbedingt in einer Lebenskrise und rief gerne nachts betrunken bei Wolle an. Wann immer Wolle im Büro erschien, bestand seine Aufgabe darin, tütenweise Weinflaschen wegzuräumen und die Büromöbel zu säubern. Der Geschäftsinhaber wusste nicht so genau, was er mit sich anfangen sollte, und erst recht nicht mit Wolle. Also schickte er Wolle regelmäßig Rasen mähen.

Im vierten Betrieb verlief die innerbetriebliche Umstrukturierung so, dass der Produktionsplaner keine Urlaubsvertretung mehr hatte. Da besagter Produktionsplaner selbst nur einen befristeten Arbeitsvertrag und Angst davor hatte, dass wenn er aus dem Urlaub wiederkäme, der Laden ohne ihn genauso gut lief, und seine Befristung daher nicht verlängert, sondern Wolle eingestellt würde, wurde Wolle entsprechend schlecht auf die Urlaubsvertretung eingearbeitet. Und so fiel für Wolle das Zeugnis entsprechend schlecht aus.

„Wer arbeitslos wird, hat selber Schuld", begann die Abteilungsleiterin das Vorstellungsgespräch zu Wolles fünftem Zeitarbeitseinsatz.

„Ich glaube, dass wer Arbeit finden will, auch eine findet! Warum ist ein Mann mit Ihren Qualifikationen in der Zeitarbeit gelandet?"

„Wie Sie schon sagten, ich wollte halt arbeiten und ...", die Abteilungsleiterin unterbrach Wolle,

„und Sie wollten dem Staat nicht auf der Tasche liegen - richtig?! Ich mag diese Schmarotzer nicht!" frohlockte sie.

„Sie haben das Herz auf dem richtigen Fleck! Sie scheinen ein Mann zu sein, der weiß, was er will. Ich freue mich, Sie als Zeitarbeiter zu nehmen. Allerdings kann ich Ihnen hier nichts bieten, was Ihrer Ausbildung entspricht. Aber das dürfte Ihnen ja nichts ausmachen, oder?"

Und so bearbeitete Wolle die Eingangspost, verschickte Faxe und kochte Kaffee, denn eine solche Stelle wurde nach eingehender Unternehmensberatung optimiert. Da dieser Betrieb das Sanduhranzeigeprogramm gerade eingeführt hatte, und kaum ein Mitarbeiter damit so richtig umgehen konnte, war Wolle ein willkommener Ansprechpartner.

Wolle arbeitete hart und leistete viele Überstunden. Schließlich hatte er ja die Hoffnung, dass er übernommen werden könne.

In welchem Betrieb Wolle auch eingesetzt wurde, überall wurden Mitarbeiter eingespart. Kaum eine Firma übernahm die eigenen Auszubildenden, geschweige denn Zeitarbeiter.

Aber Wolle war froh, dass er endlich wieder arbeiten konnte. Das Leben machte zumindest tagsüber wieder Spaß. Er hatte wieder etwas Geld, um sich ohne schlechtes Gewissen Werbung anzusehen, und Geld, um einige Schulden abzuzahlen. Aber nach Feierabend war er ohne die Zerstreuung des Berufsalltags wieder mit seinen Gedanken und Gefühlen allein.

Kartoffelhausen ging nämlich in dieser Zeit eine Union mit den benachbarten Ländern ein, von der man sich versprach, die eigenen wirtschaftlichen Probleme durch die der Nachbarländer zu lösen. Streng demokratisch legten zwei Prozent der Bevölkerung fest, was die anderen 98 Prozent tun sollten, denn nur so viel waren Mitglied einer politischen Partei überhaupt.

Und so gründete sich die Gemüseunion. Man öffnete mit Freuden alle Grenzen und tauschte die Kartoffelchips begeistert gegen eine gemeinsame Währung ein: Die Unionsknödel. Ein Unionsknödel hatte den Wert von zwei Kartoffelchips.

Aber leider wurde überall nur das Währungszeichen, aber nicht die Beträge, ausgewechselt. Von nun an kostete alles doppelt so viel wie früher. Aber dafür genossen die Bürger viele Annehmlichkeiten der Gemüseunion.

Fortan benötigte keiner mehr einen Reisepass, wenn er in die anderen Länder reisen wollte. Die reichen Bürger verließen ebenfalls ohne Reisepass das eigene Land, kamen allerdings auch niemals wieder. Auch viele Spitzensportler zahlten fortan im Ausland Steuern und siegten aber heimatverbunden weiterhin im Zeichen der Kartoffel.

Sogar die Wirtschaft genoss die Vorzüge dieser Gemüseunion. Denn im benachbarten Gurkenland wurde zwar bisher nur die Gurke geerntet, aber die Bürger dort verdienten nur die Hälfte dessen, was hier ein Kartoffelbauer verdiente. Und so entließ die Wirtschaft täglich 1.000 Kartoffelbauern und erntete die Kartoffeln jetzt kostengünstig auf ehemaligen Gurkenplantagen. So wurde die Wirtschaft überall auf der ganzen Welt wettbewerbsfähig.

Und obwohl das Heer der Arbeitslosen täglich wuchs, stellte die Wirtschaft für die fachgerechte Bearbeitung der wenigen im Land verbliebenen Kartoffelplantagen ausländische Fachleute ein, denn die eigenen arbeitslosen Kartoffelbauern galten ab sofort als zu dumm - wohlwissend, dass der dümmste Bauer die dicksten Kartoffeln erntet, welche aufgrund standardisierter Unionsmaße allerdings als zu groß vom Markt gezogen wurden.

Selbst das jahrzehntelang verfeindete Ostkartoffelreich wurde über Nacht vereinigt und trat mit seinen brachliegenden Feldern in Erwartung blühender Gärten der Gemüseunion bei. Besaßen die Ostkartoffelreicher vorher viel Geld, wovon sie sich nichts kaufen konnten, könnten sie jetzt alles kaufen, wenn sie noch Geld dafür hätten.

Das einstige Bollwerk gegen die brachliegenden Felder hatte nun seine Funktion erfüllt. Von nun an war Westkartoffelhausen für kein Land der Welt mehr interessant. Und so gingen auch hier nachts die Lichter aus.

Immer irrwitzigere und theoretische Ziele wurden in der Politik aufgestellt, welche sie, ähnlich, wie die stets im Osten belächelten Fünfjahrespläne von einst, nur selten erreichen konnten.

Selbst Kritik an der gegenwärtigen Politik wurde zunehmend verboten und die Pressefreiheit abgeschafft.

In der Wirtschaft passierte das, was zuvor am Osten kritisiert wurde:

Sie fusionierte zu wenigen großen Firmen. Hatten ehemals die Großen die Kleinen geschluckt, schluckten nun die Schnellen die Langsamen, auch wenn manche sich daran verschluckten.

Obwohl zwei Drittel der Welt hungerte, waren die Regale noch zig Meter mit Hunde- und Katzenfutter gefüllt, aber dafür musste man zunehmend mehr mit längeren Wartezeiten beim Kauf eines neuen Autos rechnen.

XI

So werden wir wettbewerbsfähig

„Wir haben im letzten Jahr rund die Hälfte aller Mitarbeiter entlassen müssen. Die Auftragslage ist schlecht. Uns geht es nicht mehr so gut wie früher!", begann der Personaldisponent das Gespräch.

„Viele unserer guten Kunden haben keine Aufträge mehr für uns. Mitarbeiter stellen selbst wir nur noch befristet ein. Das ist momentan der Zahn der Zeit. Leider stellt alle Welt nur noch befristet ein, egal, ob den kleinen Sachbearbeiter oder jemanden aus der Chefetage. Überall gibt es nur noch Befristungen. Wir liefern überall nur noch Gastspiele ab und kein Mitarbeiter wird langfristig an ein Unternehmen gebunden. Keiner entwickelt mehr das Gefühl von Dazugehörigkeit und identifiziert sich mit seiner Firma. Davon sind auch wir nicht mehr frei. Und selten übernehmen wir jemanden nach der Probezeit. Bewerbungsgespräche führen wir nicht mehr mit einzelnen Bewerbern, sondern nur noch als Gruppengespräche."

Der Disponent bot Wolle eine Zigarette an.

Sichtbar berührt fuhr er fort. „Leider müssen wir uns auch von Ihnen trennen, Wolle!" Er atmete schwer. „Sie sind ja schon einige Wochen ohne Einsatz. Auch Ihren regulären Urlaub haben Sie verbraucht. Ich würde Sie gerne länger behalten, aber unsere Geschäftsleitung gibt uns eindeutige Vorgaben! Leider müssen wir uns daran halten. Es tut mir sehr leid."

Wolle schluckte. Er, der Arbeiter in der Zukunftsbranche, in welcher jeder Dritte übernommen wird, sollte nun entlassen werden?

„Wir haben uns schon von so vielen Mitarbeitern trennen müssen. Aber bei Ihnen tut es mir besonders leid."

„Wenn Sie wieder etwas für mich haben, denken Sie da an mich?", fragte Wolle.

„Klar, machen wir das, versprochen! Allerdings können wir Ihnen dann nicht mehr Ihr Gehalt in voller Höhe zahlen. Jede Neueinstellung tritt jetzt für die Hälfte an. Ich kann mir nicht vorstellen, dass das für jemanden in Ihrem Alter noch möglich ist."

Wolle wurde nachdenklich. Wozu hatte er sich die letzten drei Jahre engagiert und überall mehr gegeben, als von ihm erwartet wurde?

Nur, damit er jetzt wieder arbeitslos wurde? Nur, damit er jetzt aufgrund seines bescheidenen Einkommens noch weniger Arbeitslosengeld bekäme?

„Wenn ich irgendetwas für Sie tun kann, dann lassen Sie es mich wissen, Wolle!" Der Disponent errötete leicht.

„Es ist sicherlich nicht viel, aber ich möchte, dass Sie wissen, dass Sie jederzeit bei uns vorbeikommen können, um sich auf Bewerbungsgespräche vorzubereiten. Sie können bei uns gerne das Internet nutzen, wenn Sie auf Jobsuche sind."

Und so ging Wolle wieder zum Arbeitsamt. Dieses Mal voller Spannung, routiniert war er ja inzwischen genug, wie wohl die Umstrukturierung dieser Behörde vonstatten ging.

Der Obersatan hatte mit seiner allerneuesten Kampagne *„WIR-HELFEN-JEDEM-SCHWIMMER"* versprochen, die alte schwerfällige Behörde in eine dynamische Arbeitsagentur zu verwandeln und dabei die Nichtschwimmer ertrinken zu lassen. Arbeitssuchende mit Schwimmerqualitäten sollten von nun an allerdings als Kunde konkurrenzlos königlich behandelt werden.

Von den Kosten der professionellen Vermarktung dieser Kampagne hätten 25.000 Krankenschwestern ein ganzes Jahr leben können.

Tatsächlich hatte sich viel getan, bemerkte Wolle gleich beim Betreten der Agentur: Die Korridore wirkten durch die frische Farbe gleich viel freundlicher. Die Farbgebung der Wände versprach hohe Kundenorientierung. Gut lesbare und mit knackigen Farben pädagogisch sinnvoll gestaltete Hinweistafeln wiesen Wolle zielsicher den Weg zu dem für ihn zuständigen Bereich.

Er reihte sich in die Warteschlange ein und beobachtete, wie zügig die Leute an dem neuen Empfangstresen abgefertigt wurden. Das ging ja schon alles schneller als die letzten Male. Er rechnete aus den ersten Abfertigungszeiten aus, dass er wohl in knapp zwei Stunden dran sein würde.

Es kam so, wie Wolle es sich dachte. Er bekam einige Fragebögen und durfte diese im neuen Wartebereich ausfüllen. Die Kundenorientierung des neuen Wartebereichs war unerwartet enorm, hier gab es jetzt sogar Sitzmöglichkeiten.

Und so saß Wolle eine weitere Stunde, bis er in ein Büro hineingebeten wurde. Auch das war neu: Der Zweitkontakt war jetzt eine entsprechende Vorzimmerdame, welche die Fragebögen, überaus gut im Umgang mit Kunden geschult, freundlichst entgegennahm.

Es hat sich ja doch einiges in dieser ehemalig so schwerfälligen Behörde getan.

„Sie hören von uns!" verabschiedete sie ihren Kunden. Dieser Spruch schien über die Jahre bewährt geblieben zu sein.

Nur einige Tage später, und das war sensationell schnell, wurde Wolle zu einem Gespräch bei einem neuen Vermittler eingeladen.

„Na, wieder arbeitslos? Woran hat es dieses Mal gelegen? Zu blöde für die Zeitarbeit?" Das Gespräch fing ja wieder gut an, sollte sich die neue Kundenorientierung lediglich auf frisch gestrichene Wände beschränken?

„Die schlechte Auftragslage!"

„Ja, schlimm, momentan bricht alles zusammen." Der neue Vermittler drehte seinen Sessel leicht in Richtung Fenster und blickte angespannt nach draußen.

„Als ich damals beim Arbeitsamt anfing, dachte ich, ich könnte Menschen helfen. Damals, da kannte ich alle meine Arbeitslosen und hatte einen guten Kontakt zu den Firmen. Damals. Das ist schon ein paar Jahre her."

Er stand auf und ging nervös auf und ab. Diese persönliche Nähe kannte Wolle auf dem Arbeitsamt nicht. Es hat sich ja doch etwas getan!

„Damals hatten die Firmen noch Interesse an einer langfristigen Mitarbeiterbindung. Es gab Wohnungen für Mitarbeiter und eigene Kindergärten, Kantinen und Betriebsrenten. Aber heute? Heute, ja heute, da habe ich rund 800 Arbeitslose zu betreuen. Die kenne ich noch nicht einmal alle. Und das Schlimme ist, ich habe keine einzige offene Stelle, keine einzige! Verstehen Sie? Ich habe nichts, was ich Ihnen anbieten könnte. Also, dieses Mal können Sie nicht damit rechnen, Angebote von uns zu bekommen!"

Wolle stutzte. „Sie haben mir noch nie eine Stelle angeboten!"

„Ja, aber jetzt ist es noch viel schlimmer als vor einigen Jahren! Wir werden in Zuge unserer innerbehördlichen Umstrukturierung demnächst viele Vermittler haben. Jeder wird dann nur noch 100 arbeitslose Kunden betreuen. Aber das wird nichts daran ändern, dass wir keine Arbeit zu vermitteln haben!"

Wolle dämmerte, dass es weniger Arbeit im Lande gab als Arbeitnehmer. Dass alle Motivation von Arbeitslosen, und basiert diese nur auf Entzug staatlicher Gelder, daran scheitern müsse.

Schließlich bestimmten Angebot und Nachfrage den Preis in wesentlichem Maße:

Je größer das Heer an Arbeitsuchenden wird, welches nach der Mangelware Arbeit strebt, desto niedriger die Entlohung und desto unmenschlicher die Arbeitsbedingungen.

Wolle verstummte, während sein Vermittler in aller Ausführlichkeit von der schlechten Lage am Arbeitsmarkt sprach.

Der Vermittler setzte sich wieder und riss Wolle aus seinen politischen Überlegungen. „Und dann kam Ostkartoffelreich hinzu! Das hat uns jede Menge Arbeitlose gebracht!"

Wolle wurde wieder nachdenklich. Warum hatten wir den Osten geschwängert wie eine begehrte Frau im One-Night-Stand und müssen wir uns jetzt über die Alimente ärgern? Hätten wir die Braut nicht erst einmal kennen lernen sollen, anstatt sie gleich zu heiraten? Dies war keine Ehe unter Gleichberechtigten. Wir hatten den Osten ausverkauft und wundern uns nun, dass die Regale dort leer sind.

„Also, ich bin angewiesen, jeden meiner Kunden aus dem Bürobereich in eine mehrwöchige EDV-Schulung mit abschließender Eignungsprüfung zu schicken!"

„Hören Sie, es gibt kaum etwas, was ich nicht kenne!"

„Ich weiß, dass Sie überqualifiziert sind. Und irgendwie schäme ich mich dafür, einen Menschen mit einer so hohen EDV-Verbundenheit wie Sie dahin zu schicken. Aber wir müssen das trotzdem machen, da wir alle unsere Kunden nach einheitlichen Kriterien messen und dann zielgerecht vermitteln wollen." Er wurde leiser. „Wenn es da überhaupt etwas zu vermitteln gibt."

Und so saß Wolle für die nächsten Wochen in einem Grundkurs für EDV-Einsteiger, lernte, wie er Dateien abspeichern könne und legte Prüfung darüber ab, wie man einen Rechner fachgerecht an- und ebenso professionell wieder ausstellt.

Aber Schuldgefühle, er habe persönlich versagt und trüge ebenso persönlich für seine Arbeitslosigkeit Verantwortung, plagten ihn nicht mehr. Ihm wurde bewusst, dass er über die ganze Zeit seiner Arbeitslosigkeit vom Arbeitsamt keinen einzigen Job vermittelt bekommen hatte - es gab nämlich keine Arbeit in Kartoffelhausen.

Alle Kartoffeln wurden maschinell geerntet, wenn sie nicht billig im Ausland eingekauft wurden. Zwar konnte man in Kartoffelhausen kaum eine Kartoffel mehr zu erschwinglichen Preisen erwerben, aber dafür war die Politik stolz darauf, dass die Wirtschaft international wettbewerbsfähig wurde und orientierte sich bei den Gehältern an Billiglohnländern, bei den Lebenshaltungskosten allerdings an wirtschaftlichen Interessen.

Und so wurde man als Bürger von Kartoffelhausen von den eigenen Politikern beschimpft, weil man durch seine Unwilligkeit zum Kaufrausch nichts zur Beseitigung der Konjunkturflaute und zur Belebung des Binnenmarktes beitrug.

Wolle wurde auf Arbeitslosenhilfe heruntergestuft, verkaufte, um seine Kreditschulden zu bezahlen, seine Eisenbahn, welche seit frühester Kindheit seine große Leidenschaft war.

Somit war er bestens gerüstet für die neueste Innovation der Politik, in der die Nichtschwimmer nicht nur die Ärmsten der Armen sind, sondern nun auch die Besserverdienenden. Diese waren ihr Leben lang verpflichtet, viel in staatliche Versicherungen einzahlen und sollten jetzt kaum etwas wiederbekommen.

Nachdem Wolle am Ende der Geschichte im Gegensatz zum Anfang nur noch über zehn Prozent seiner Bezüge verfügt, hatten die gemeinen Kobolde mehr erreicht, als sie sich es jemals erträumten. Wie die acht Millionen Arbeitslosen sitzt Wolle nun zu Hause und überlegt sich, ob er vielleicht einen Job suchen sollte, in welchem er noch weniger verdient, denn bekanntlich ist ein „Spatz in der Hand mehr als eine Taube im Bett" und die Bürger von Kartoffelhausen wissen nun, dass sich jetzt alle bescheiden müssen.

Amor ist mit seiner freiberuflichen Situation nicht so gut klar gekommen, wie er ursprünglich angenommen hatte.

Tamara arbeitet schon seit vielen Jahren und trägt durch jahrelangen Verzicht auf Gehaltserhöhungen zur Besserung aller wirtschaftlichen Probleme bei. Die gestiegenen Lebenshaltungskosten deckt sie durch zwei Nebenjobs. Nun hätte auch sie keine Zeit mehr für irgendwelche Partner, selbst wenn diese ihre wahre Schönheit erkennen könnten.

Der Obersatan hat sich als Leiter der Toffelagentur für Arbeit allgemein etabliert und je größer sein Chaos wird, desto unentbehrlicher wird er. Er zieht von dort alle wesentlichen Strippen.

Unsere Kobolde würdet Ihr jetzt nicht mehr wiedererkennen! Sie tragen jetzt alle die feinsten Anzüge und sitzen Abend für Abend in irgendwelchen Talkshows und politisieren über die Zukunft des Landes.

Der Wahlkampf wird vorbereitet

Es war ein inoffizielles Treffen, an dem der Obersatan alle inzwischen in entscheidende Positionen der Wirtschaft lancierten Dämonen und alle noch nicht im Delirium liegenden Kobolde zu einem Strategiegespräch einlud.

„Als erstes klären wir die Obertoffelfrage", begann der ehemalige Höllenfürst die Konferenz. „Kartoffelhausen wählt demnächst wieder für vier Jahre einen neuen Obertoffel zum Regierungschef."

Ehrfurchtsvoll meldete sich einer der Dämonen. „Hoheit, darf ich?" Neidische Blicke seiner Kollegen verschlungen ihn förmlich.

„Nein, mein Freund! Ihr seid in der Wirtschaft viel zu wichtig! Euch brauche ich dort. Mein Freund, es wird euer Schaden nicht sein", zelebrierte Satan in pastoralem Ton.

„Ich möchte, dass wir diese Wahl gewinnen! Und wir wollen auf Nummer sicher gehen." Er erhob sich aus seinem Sessel und blickte ungewohnt freundlich in die illustre Runde.

„Der neue Obertoffel wird daher eine Obertoffelin sein!", und blickte die weibliche Koboldin an, wie sonst nur ein Bräutigam seine Braut ansieht.

„Erhebt Euch, meine junge Freundin!

Die Koboldin verstand nicht, wie ihr geschah. Kaugummikauend fragte sie: „Was, ich? Meinst du mich, Chef?"

„Ja, du blöde Kuh", flüsterte der eine ehemalige Bierbauch.

„Ja, Ihr seid es, meine treue Dienerin!", nickte Obersatan ihr zu.

„Los, doch, du blöde Gans! Steh endlich auf, so wie der Boss es von dir verlangt", stieß der andere ehemalige Superbierbauch ihr in die Rippen.

„Aua, okay, Boss, was soll ich jetzt machen?"

„Ihr, meine Liebe, Ihr werdet von den Kartoffelhausenern zur Obertoffelin gewählt! Empfangt dafür nun meinen Segen!"

„Aber Boss, was soll ich denn da machen?"

„Nichts, meine Liebe, gar nichts! Seid einfach ganz so, wie Ihr seid und wie ich Euch liebe!"

„Nichts? Aber ich muss da doch bestimmt etwas machen?", und zupfte sich nervös den wie immer viel zu engen BH zurecht.

„Hängetitten!" lallte ein weiterer Kollege.

„Habt keine Angst und seid ohne Furcht! Es entwickelt sich alles nach meinem Plan! Ihr müsst nur so bleiben, wie Ihr seid!"

„Aber Boss, wenn ich Fehler mache", haspelte sie „dann verhauen die mich doch bestimmt! Ich kriege doch immer auf´s Maul, wenn ich etwas falsch mache", sie verschluckte ängstlich ihren Kaugummi. „Ich war doch Prügelbalg für alle!"

„Und Blasebalg!", höhnte es aus ihren Reihen.

„Nein, meine Liebe, niemand wird es jemals wieder wagen, seine Hand gegen Euch zu erheben, keiner! Das Einzige, was Ihr wissen müsst, das ist dieser eine Satz: `Ich übernehme die volle Verantwortung`".

„Nein, Boss, ich habe Angst! Ich habe noch nie Verantwortung gehabt und bestimmt hauen die mich alle!"

„Sprich mir nach, meine Liebe `Ich übernehme die volle Verantwortung!´ Dieser Satz wird Euch sehr berühmt machen, ja, die Kartoffelhausener werden Euch dafür bewundern und sogar lieben!"

"Und wenn sie mich doch verprügeln?"

„Niemand verprügelt einen nach außen so verantwortungsvollen Obertoffel! Im Gegenteil! Das Schlimmste, was Euch passieren kann, ist, dass Ihr nicht mehr wiedergewählt werdet!"

„Ja, aber Boss, spätestens dann verprügeln sie mich!"

„Nein, meine Teure! Dann erhaltet Ihr ein Leben lang die hohen Bezüge, die jedem Regierungschef zustehen, ein Leben lang! Egal, ob Ihr eine gute oder sehr gute Politik gemacht habt!"

„Ehrlich, Chef? Wieviel Kohle bekomme ich dann?"

„Ihr erhaltet als Obertoffelin dann eine Rente! Zehn mal höher als was eine Arzthelferin verdient und das Monat für Monat, Jahr für Jahr!

Und das für nur vier läppische Jahre Politik als Obertoffelin! Und wenn du noch weitere Funktionen ausübst, kriegst du natürlich wesentlich mehr!

Nun zu meinem Freund, dem jetzigen und künftigen Untertoffel für Finanzen!" Obersatan wandte sich dem ehemaligen Bierbauch zu.

„Wir müssen zusehen, dass möglichst viele Menschen ihre bisherigen Lebensversicherungen verkaufen.

Wir zwingen jeden Arbeitslosen dazu, erst einmal vom Verkauf seiner Versicherungen und von seinen Ersparnissen zu leben, bevor er Geld von uns bekommt. Ist doch das allerletzte, dass jemand, der noch ein Sparbuch hat, unsere Staatsgelder verschwendet! Und du siehst zu, dass wir neu abzuschließende Lebensversicherungen mit hohen Steuern versehen, damit wir noch mehr Profit herausschlagen!"

„Ja, aber Boss, das würde die Leute ja ärmer machen!", stutzte der ehemalige Bierbauch.

Obersatan lächelte charmant. „Du hast es kapiert, mein Junge, ich bin stolz auf dich! Es kann uns doch egal sein, oder? Hauptsache, die neue Regierung kann nach außen hin die Ausgaben für diese um Arbeit winselnden

Kreaturen reduzieren. Und das tun wir durch diesen Schritt."

Obersatan wandte sich an seine Dämonen: „Und Euch, meine Freunde, kann es doch nur recht sein, wenn Millionen von Toffelhelden neue Versicherungen abschließen! Dann sparen sie einige Jahre und wir machen sie wieder arbeitslos, sie müssen wieder verkaufen, und so weiter und so fort:

Ich präsentiere Euch das wahrhaftige Perpetuum-Mobile, eine Lizenz zum Gelddrucken, garantiert narrensicher!"

Sie fingen an, Beifall zu spenden, als ein anderer Kobold nervös aufsprang. „Und wenn die Leute keine Lebensversicherungen kaufen? Was machen wir dann?"

„Mein junger Freund, seid unbesorgt! Wenn die Leute tatsächlich nichts Neues abschließen sollten, dann müssen sie im Alter halt hungern - das kann uns doch recht sein, oder?", alle nickten ehrfurchtsvoll, Obersatan war wieder ganz der Alte.

„Oder besser noch: Wir zwingen jeden Arbeiter dazu, eine private Altersvorsorge abzuschließen!"

Jetzt fingen auch die Kobolde an, Beifall zu spenden und stimmten ihre neue Hymne an:

„WIR SCHNALLEN EUREN GÜRTEL ENGER!"

„Ich verrate Euch einen Trick, wie wir die Bürger gleich dreimal abkassieren! Lasst uns für teures Geld an meine Freunde in der Wirtschaft verkaufen und versteigern, was die Bürger einst mit ihren Steuergeldern aufgebaut und bezahlt haben."

Die Dämonen wurden bleich.

„Keine Angst! Wir treiben die Preise nur deswegen in die Höhe, damit Ihr möglichst viel von der Steuer absetzen könnt. Wir erstatten Euch die teuren Kaufpreise."

Die Dämonen nickten andächtig. Das gefiel ihnen, etwas mit Geld zu kaufen, das ihnen gar nicht gehörte.

„Und dann, meine Freunde, könnt Ihr nach Herzenslust die Bürger schröpfen! Lasst sie für jede Sekunde zahlen, viel zahlen! Egal, ob beim Telefonieren, Fernsehen oder beim Pinkeln!

Egal, wofür auch immer! Hauptsache, sie bluten sekundengenau! Denn das ist wahre Gerechtigkeit!"

Wieder sangen sie ihre Hymne:

„WIR SCHNALLEN EUREN GÜRTEL ENGER,

DENN BLUTEN SOLLT IHR LÄNGER UND LÄNGER!"

„Nun ein Wort an den Untertoffel aus dem Büro für Arbeit:

Du eröffnest den Niedriglohnsektor! Die Toffelhelden sollen jetzt für wenig Geld arbeiten dürfen. Es muss jedem Bürger eine Ehre sein, für möglichst wenig Geld zu arbeiten! Wer unserem Toffelbüro als Arbeitsloser auf der Tasche liegt, wird zu Billigarbeit verpflichtet!"

„Boss, was haben wir davon?" Der Untertoffel schien etwas begriffsstutzig.

Mit zwinkerndem Blick in die Reihe der Dämonen fuhr Obersatan mit großer Gelassenheit fort:

„Meine Freunde aus der Wirtschaft entlassen alle teuren Arbeitskräfte und können sie dann für einen Bruchteil ihrer bisherigen Bezüge wieder einstellen!"

Die Dämonen spendeten Standing-Ovations.

„Aber Boss!", klagte der Untertoffel für Finanzen, „dann kriege ich doch auch weniger Steuern!"

„Ja, und unsere Freundin hier, ..."

„Hängetitten!", tönte es wieder aus den hinteren Reihen,

„... übernimmt auch jetzt die volle Verantwortung!"

„Ich will nicht verprügelt werden!", schrie unsere Koboldin.

Obersatan setzte sich. „Ihr seid ein fantastischer Haufen, voller Intelligenz und Kreativität, so ungestüm und unbeherrscht. So mag ich Euch!" Er zündete sich genüsslich eine große Zigarre an.

„Wir wollen die Aufhebung der Ladenöffnungszeiten, denn dies schafft viele neue Arbeitsplätze. Wenn die Leute auch nachts Autos kaufen können, kurbelt das die Wirtschaft an.

Wer bisher drei Brötchen am Tag gegessen hat, wird jetzt rund um die Uhr sieben oder acht verzehren.

Ihr seht: Längere Öffnungszeiten steigern den Umsatz!

Wir besteuern Benzin, sagen wir, drei Viertel des Preises stecken wir uns ein!"

„Und wie erklären wir das?"

„Gute Frage, sehr gute Frage sogar. Also, Blondi, du musst nun noch einen weiteren Satz auswendig lernen. Präg ihn dir gut ein und sage ihn dir immer wieder auf, jeden Tag und jede Nacht, solange, bis du es kannst: `Für die Ökologie und für die Zukunft unserer Kinder!´ Kannst du dir das merken?"

„Dann können die inzwischen verarmten Arbeitslosen ja nicht mehr zur Arbeit fahren?!", bemerkte der Untertoffel für Arbeit.

„Doch, wir zwingen sie dazu. In Zeiten von geöffneten Grenzen können wir doch von jedem erwarten, dass er große Wege auf sich nimmt, oder etwa nicht, meine Herren?"

Satan blickte stolz in die begeisterten Gesichter seiner Dämonen. „Lasst sie fahren, viel fahren, denn das ist gut für die Ökologie und gut für die Zukunft der Kinder - und bei Euch klingeln die Kassen! Ich will Radarfallen, alle fünf Kilometer! Ach, was rede ich?! Wir überwachen sie auf Schritt und Tritt, und wer zu schnell sich von Punkt A nach B bewegt, der ist halt zu schnell gefahren und wird abkassiert. Ich will Wegezoll, so wie im Mittelalter - war sowieso die bessere Zeit.

Lasst sie bluten an der Tankstelle und lasst sie bluten jeden Kilometer, den sie fahren!

Je höher der Benzinpreis, desto höher auch das Steueraufkommen. Ich will, dass das Taschentuch Pflicht wird für jeden Autofahrer! Weinen soll er. Ich will morgens aufwachen vom Gewimmer der Autofahrer!" Satan redete sich in Wallung.

Aber wieder unterbrach einer seiner Kobolde:" Aber Boss, was machen wir, wenn die Toffelhelden das Auto stehen lassen und mit dem Bus fahren?"

„Auch hier, mein Freund, auch hier muss getankt

werden! Oder womit dachtest du fahren die Busse und Bahnen? Teures Benzin, teure Bahnpreise!"

Ovationen aus der Ecke der Dämonen.

„Was sagt unsere künftige Obertoffelin dazu?", fragte Obersatan in schulmeisterlichem Ton.

„Na los, Titti!", knuffte ihr Nachbar ihr wieder in die Rippen.

„Was, ich? Ähm, ich will nicht verhauen werden!"

„Dein Satz, den du immer sagen sollst, los, du Luder!", herrschte ihr Nachbar sie an.

„Ähm, ja, also ich bin blond und bin verantwortungslos und ähm, ja, ich bin eine Frau und ich will Kinder, viele Kinder, ist doch logisch! Oder?"

„Lacht nicht, meine Freunde! Sie lernt es gerade! Sie macht das schon ganz ausgezeichnet. Aber vielleicht solltest du künftig sagen, du seiest verantwortungsvoll!

Ja, du übernehmest sogar die ganze Verantwortung. Das mit deinem Kinderwunsch war schon ganz gut. Künftig sagst du, dass es halt um die Zukunft aller Kinder gehe. Und wenn du aus logisch noch ökologisch machst, dann bist du perfekt!

Apropos Ökologie: Gerade weil es uns um die Zukunft geht, müssen wir den Umweltschutz groß schreiben. Wenn etwa ein Feldhamster sein Leben lang auf einem Grundstück wohnt, so darf darauf nicht mehr gebaut werden. Der Feldhamster war zuerst da! Ich fordere daher, dass jeder Feldhamster, der einem Neubau im Wege steht, fachgerecht umgesiedelt wird. Solange wird nicht gebaut!" Keiner im Saal verstand Obersatans ökologische Selbstlosigkeit.

„Natürlich darf ein fachgerechtes Umsiedeln schon mal eine Millionen Unionsknödel kosten! Und das sollte uns der possierliche Feldhamster doch wert sein! Mir ist es lieber, dass ein Feldhamster artgerecht umquartiert wird, als dass auch nur ein einziger Sozialschmarotzer noch bekleidet herumläuft! Der soll froh sein, dass er nicht verhungert und seinem albernen Gott fürs täglich Brot danken, aber Kleider? Dafür ist weder Gott zuständig, noch ich!

Macht dieses arme Gesindel endlich nackig! Ich will, dass FKK ganz groß geschrieben wird!

Es muss wieder Spaß machen, böse zu sein! Wir erhöhen auch die Kosten für dieses beschissene Gesundheitswesen. Aber sagen künftig nach außen, dass wir die Kosten senken! Wir kürzen dafür das Leistungspaket und verlangen von den Bürgern, dass sie teuere Zusatzversicherungen abschließen, viele, viele, viele Zusatzversicherungen! Denn das senkt die Kosten!"

„Tut es ja nicht, Boss! Und wenn die Bürger diesen Schwindel bemerken?"

„Nein, mein Freund! Es geht hier ab sofort um die Zukunft aller Kinder. Und wenn wir die Kosten senken, wird man das als Erfolg feiern!"

„Und was, wenn nicht?"

„Wie, was wenn nicht? Die schließen alle Zusatz-versicherungen ab, damit meine Freunde aus der Wirtschaft sich dumm und dusselig verdienen!"

„Und wenn jemand sich nicht zusätzlich versichert?"

„Dann wird er halt krank und stirbt früher!", herrschte Obersatan sein Auditorium an. „Und dann hat meine heißgeliebte Hölle endlich wieder etwas zu tun!

Lasst uns Alkohol und Nikotin teurer machen! Und Schokolade und Cola! Und überhaupt alles, was einigermaßen schmeckt und dick macht!"

„Und wenn die Leute damit dann aufhören und auf einmal gesund werden?"

„Dann ist unsere Politik halt die erfolgreichste Politik, die das Land jemals erlebt hat. Und wenn die Bürger weiterhin rauchen und trinken, dann verdienen meine Dämonen sich noch mehr als dumm und dusselig!"

Die Dämonen standen alle gebannt von ihren Plätzen auf. Minutenlanger Beifall.

„Und, meine lieben Freunde", fuhr Obersatan fort. „Wenn die Gesundheit zu einem unbezahlbaren Gut wird, dann werden die Menschen auch nicht mehr so alt! Wir reduzieren also die ohnehin zu hohe Zahl an Rentnern!

Und kürzt diesen Alten endlich die Renten! Es gibt zu viele davon, als dass man sie alle noch durchschleppen sollte.

Wofür braucht ein alter Mensch etwa noch Geld? Also, kürzt ihnen die Renten, sie brauchen sie nicht mehr und schon gar nicht, nachdem wir ihnen Gesundheit verbieten!

Ich will meinem künftigen Untertoffel für das Büro der Inneren Sicherheit nun eine alte Weisheit mit auf seinen erfolgreichen Weg geben: `Der Preis für Sicherheit ist die Freiheit!´ Also, mein Freund, sieh zu, dass Kartoffel-hausen viel Sicherheit will! Erkläre ihnen die Nützlichkeit, überall mit Kameras überwacht zu werden. Mach ihnen die Vorzüge der virtuellen Welt schmackhaft, und wenn sie alle vernetzt sind, dann setzen wir alle bisherigen Grundrechte außer Kraft und der Staat kann endlich alles bisher Verborgene wissen. Ich will den gläsernen Menschen!

Führe fälschungssichere Ausweise ein, nein, am Besten, du stattest sie alle mit implantierten Peilsendern aus. Verkauf ihnen auch das mit der Sicherheit, die sie dann im Falle einer Entführung hätten. Das merken sie sowieso nicht, dass wir sie dann endlich auf Schritt und Tritt verfolgen!

Und beende endlich die öffentliche Pisserei! Jeder, der jetzt noch in der Öffentlichkeit pinkelt, wird mit harten Geldstrafen bedacht! Verzehnfache das Personal, das Falschparker aufschreibt!

Und erst recht braucht Kartoffelhausen endlich einen Hundeführerschein.

Lass dir etwas einfallen, damit die Leute endlich für das Fernsehen bezahlen!

Kann doch wohl nicht angehen, dass die Leute kostenlos fernsehen. Lasst sie für jede Nachrichtensendung bluten! Am besten auch im Minutentakt oder noch besser im Sekundentakt, denn das ist wahre Gerechtigkeit - hat beim Telefonieren auch jede Menge Geld extra eingebracht!

Auch ist es ein wertvoller Beitrag zur Inneren Sicherheit, wenn weniger bekiffte Studenten Taxi fahren, dafür mehr hungernde Ärzte nach Feierabend und arbeitslose Anwälte."

„Boss, wie wollen wir das bloß schaffen?"

„Erzählt ihnen von Kampfhunden, die Kinder zerfleischen - aber Pudel und Dackel beißen noch viel häufiger! Sind ab heute alles wilde Bestien!

Macht ihnen Angst vor Kinderschändern, die das Internet nutzen und achtet darauf, dass niemand bemerkt, das diese Perverslinge zuvor die gute alte Post genutzt haben, und hier keiner die Aufhebung des Briefgeheimnisses gefordert hatte.

Erzählt den Leuten, dass Privatisierung besser ist, dass die freie Wirtschaft ökonomischer arbeiten könne, als es der Staat konnte und jetzt alles günstiger und billiger würde.

Erzählt ihnen, dass sie jetzt endlich sicher sind, weil sie selbst beim Pinkeln von Kameras beschützt werden.

Omas könnten sich dann wieder nächtelang in dunklen Parks herumtreiben, keiner würde mehr geschlagen, vergewaltigt oder beraubt werden - macht ihnen das schmackhaft, schließlich würden sie dann sicherer leben, als Adam und Eva im Paradies - da war ich auch nur so erfolgreich, weil der Alte keine Überwachungskameras hatte.

Und verhafte endlich diese Schwarzfahrer - währet den Anfängen! Schwarzfahrer von heute sind die Mörder von morgen!"

„Aber Chef, dann hättest du uns ja auch alle einbuchten müssen!"

„Quatsch!" herrschte Obersatan sein Auditorium an:

„Weil alle Bürger sparen, können wir uns in dicken Luxusautos kutschieren lassen!

Wir werden die mutigste Arbeitsmarktreform durchführen, die das Land je gesehen hat und danach keinen Sozialhilfeempfänger mehr haben!", frohlockte Obersatan.

„Boss, du meinst, wir dürfen sie nun endlich alle erschießen?"

„Nein, wir definieren jeden Sozialhilfeempfänger als Arbeitslosen. Und somit haben wir keine Sozialhilfeempfänger!"

„Aber Chef, dann haben wir doch Millionen Arbeitslose mehr!"

„Wenn wir uns geschickt anstellen, dann reduzieren wir die Zahl der Arbeitslosen. Wir manipulieren die Statistik! Lasst uns doch nur noch die arbeitswilligen Arbeitslosen in der Statistik ausweisen! Schon sinkt die Zahl unter 10.000! Was für eine erfolgreiche Politik!

Die Gehälter der Arbeiter orientieren sich an den Niedriglohnländern! Gilt nicht für unsere Politiker: Deren Gehälter orientieren sich natürlich an den Nationen, die am meisten zahlen - wäre doch unrecht, wenn einer unserer Kobolde weniger verdient als ein Abgeordneter aus der Bananenrepublik." Szenenapplaus.

„Und, meine lieben Freunde! Machen wir uns nichts vor! Wenn wir schon einen aktiven Beitrag leisten, dass die Bürger nicht mehr so alt werden, dann können wir auch einen aktiven Beitrag dazu leisten, dass sie noch bis ins hohe Alter arbeiten. Das steht schon in der Bibel `wer nicht arbeiten will, der soll auch nicht essen!´ Also, lasst uns christliche Werte in diesem Land wieder groß schreiben und erhöhen wir die Lebensarbeitszeit!

Ach, wie herrlich war es damals, als ich Kartoffelhausen die Autobahn geschenkt hatte, die ich mit den unzähligen Arbeitslosen gebaut hatte. Daran denken die Alten heute noch dankbar zurück!"

„Stimmt, Boss, und danach haben wir die ganze Welt in Brand gesteckt! War echt ein genialer Plan von dir!"

„Zunächst werden wir mit der Gemüseunion Chaos stiften: Ich will, dass wir selbst im Flachland der Küstenregionen Seilbahnverordnungen haben - schließlich sind wir ja eine Union, und da brauchen wir einheitliche Maßstäbe! Wäre ja schlimm, wenn an der Küste die Seilbahnen anders als im Gebirge fahren dürften, glatte Wettbewerbsverzerrung!"

„Aber Boss! An der Küste gibt es keine Seilbahnen!"

„Welch unerwarteter Scharfsinn! Natürlich gibt es im Flachland keine Seilbahnen. Darum geht es doch gar nicht! Unsere Länderunion braucht aber einheitliche Maßstäbe, alles andere wäre ungerecht. Und ich fordere im Zuge der Union auch eine Leuchtturmverordnung für die Gebirgsregionen! Kann doch nicht angehen, dass wenn ein Almhirte einen Leuchtturm baut, dieser dann leuchten kann, wie er will. Wo kommen wir denn dahin?!

Lasst uns Chaos stiften und viele Kapazitäten für die Ausarbeitung solchen bürokratischen Schwachsinns binden!

Und die Fischhändler dürfen ihre Fische nur noch unter lateinischen Namen verkaufen! Künftig darf es kein Preisschild geben ohne detailliere Aufzählung aller Inhaltsstoffe!

Ich will viele Seiten voll chemischem Schwachsinn! Das sollte uns der Schutz der Verbraucher Wert sein!

Und auch heute wieder, meine Jünger, auch heute werden wir wieder die Welt in Brand stecken!"

Satan haute mit der Faust auf den Tisch.

„Bald schon werden wir wieder in aller Welt herumballern und nach Herzenslust Menschen töten. Ich will das Blut von unschuldigen Männern! Ich will das Blut der Frauen und aller Kindern und das weltweit!", schrie Satan ins Auditorium.

„Aber dieses Mal müssen wir vorsichtiger sein als damals! Die Kartoffelhausener sind ein langweiliges Volk von Friedensaposteln geworden, echte Weicheier!

Lasst uns die Truppen daher zunächst fast unbemerkt und unspektakulär eingreifen.

Erst, um auf eigenem Gebiet Nachschubwege der Verbündeten zu sichern, später können wir dann unsere Sanitäter ins Ausland schicken - nicht zum Schießen, natürlich nur zum selbstlosen Helfen! Das wird die Kartoffelhausener beruhigen und sie werden solches selbstloses Engagement für den Frieden begrüßen.

Und wenn sie sich daran gewöhnt haben, dann können wir auch Aufklärungseinheiten entsenden, nicht zum Schießen, nein, nur zum selbstlosen Aufklären.

Und, wenn sich die Bürger daran gewöhnt haben, dann werden wir unseren Truppen sogenannte `robuste Mandate´ geben, weil, wenn sie angegriffen werden, sie sich ja auch verteidigen müssen! Wird jeder verstehen und für sinnvoll erachten. Keiner wird sich fragen, warum unsere hilfsbereiten und ach so selbstlosen Truppen beschossen werden. Jeder militärische Einsatz muss natürlich von der Gemüseunion beschlossen sein! Das suggeriert den Bürgern übergeordnetes Interesse und schützende Distanz zugleich. Und dann ...," Satan ereiferte sich,

„... dann erklären wir einen Drittel des Planeten zu Terroristen, vor dem man sich schützen müsse! Lasst uns fremde Städte bombardieren, deren Krankenhäuser, denn diese behandeln feindliche Freiheitskämpfer, deren Schulen, denn hier wird der kriminelle Nachwuchs ausgebildet. Bombardiert Hochzeitsgesellschaften, denn hier heiraten potentielle Terroristen!

Geht in alle Welt und stürzt alle Regierungen, bringt den Völkern Frieden, Freiheit und die Kartoffel zu meinen Ehren, wenn nötig mit Waffengewalt! Und füllt somit meine gute alte Hölle!"

„WIR SCHNALLEN EUREN GÜRTEL ENGER,

DENN BLUTEN SOLLT IHR LÄNGER UND LÄNGER!

GAR DER DÜMMSTE DAS VERSTEHT,

EIN NEUER WIND NUN WEHT,

IN ALLE WELT ER GEHT!

SELIG DIE KARTOFFEL IN ALLER WELT!

WIR SCHNALLEN EUREN GÜRTEL ENGER,

DENN BLUTEN SOLLT IHR LÄNGER UND LÄNGER!"

Alternatives Ende für Happyendler

Für diejenigen, für die ein Märchen gut ausgehen muss

Aphrodite sollte, ähnlich wie ihr Kollege Amor, in den himmlischen Vorruhestand geschickt werden. Aber da Aphrodite eine sehr fleißige Göttin war und es ihr Leben lang gewohnt war, hart zu arbeiten, wollte sie sich nicht zur Ruhe setzen und unter keinen Umständen irgendjemandem zur Last fallen. Sie war daher die einzige Göttin, die den Weg zum Arbeitsamt ging und sich dafür nicht zu schade war. Hier versprach sie sich eine neue Arbeitsstelle vermittelt zu bekommen. Und in der Tat, sie hat es geschafft!

Sie ist übrigens die Einzige in dieser Geschichte, die vom Arbeitsamt eine Stelle vermittelt bekam! Ihr Berater beim Arbeitsamt war nämlich überdurchschnittlich engagiert und vermittelte sie gemäß ihrer beruflichen Erfahrungen und ihres Könnens als Hotelfachfrau erfolgreich in ein als Hotel getarntes Bordell.

Die Probezeit übte eine hohe Erwartungshaltung auf unsere alternde Liebesgöttin aus. Sie wollte diesen Job aber um jeden Preis behalten und hatte daher sehr viele Überstunden geschoben.

Nach einem selbstverschuldeten Betriebsunfall musste Aphrodite allerdings aus dem Betrieb ausscheiden und hatte somit ihren Anspruch auf Arbeitslosengeld verwirkt, da selbstverschuldete Beendigungen eines Arbeitsverhältnisses den Wegfall sämtlicher Leistungen des Arbeitsamtes bedeuteten. Seitdem lebte Aphrodite längere Zeit von Sozialhilfe und fiel somit aus der Arbeitslosenstatistik heraus, wie alle anderen drei Millionen Sozialhilfeempfänger.

Da Aphrodite eine sehr ehrliche Seele war, hatte sie kürzlich allerdings auch ihren Anspruch auf Sozialhilfe verwirkt. Fair, wie die Göttin nun einmal war, erwähnte sie ihre Schwangerschaft in jedem Vorstellungsgespräch. Ein Umstand, den die Sozialämter als Arbeitsunwilligkeit interpretierten, denn wer einem potentiellen Arbeitgeber gleich auf die Nase binde, er (ähem: Sie) sei schwanger, wolle ja gar nicht arbeiten. Und da die Liebesgöttin der staatlichen Aufforderung zum Lügen nicht nachkam, saß sie nun nicht nur ohne Arbeitslosengeld, sondern auch ohne Sozialhilfe da und zog die Folgen ihres Betriebsunfalls alleine groß.

Nun war Aphrodite unheimlich stark in ihren ehemaligen Arbeitskollegen verliebt: Amor. Und das ihr Leben lang. Ihm zu liebe schickte sie sich und ihre Tochter auf den Strich, um die hohen Kosten für Amors Alkoholentzug zu finanzieren.

Damals brach nämlich das Gesundheitswesen gerade zusammen, weil nur die Hälfte aller Krankenkassenmitglieder auch zahlende Mitglieder waren und alle Kartoffelhelden selbst bei jedem Wehwehchen, und sei dieses noch so klein, einen Wettlauf zum Arzt machten. Obwohl die Arbeitnehmer ein Leben lang verpflichtet waren in die Krankenkassen einzuzahlen, wurde ihnen immer weniger ärztliche Heilbehandlung bezahlt.

Und so fielen ausgerechnet im Heimatland der Kartoffel den Bürgern die Zähne aus, aber Gott seis gedankt, kaum einer von ihnen konnte es sehen, denn viele von ihnen liefen fast blind und ohne Sehhilfe durchs Leben.

Gesund und, wie wir ihn lieben gelernt haben, gut gelaunt kam Amor nach seinem langen Entzug endlich wieder zurück.

Sofort machte er sich ans Werk und brachte unverzüglich Tamara und Wolle wieder zusammen, stürzte die Regierung der Kobolde und lenkt seitdem die Geschicke der Menschen.

Die Bürger von Kartoffelhausen haben jetzt alle Arbeit, die ihnen Spaß macht. Jeder hat genügend Geld sowie genügend freie Zeit dazu, dieses auszugeben. Die Wirtschaft boomt wie noch nie. Kartoffelhausen hat sogar seine Lokomotivfunktion für die ganze Weltwirtschaft wiedergefunden.

Voller Stolz stellten die Kartoffelhausener die Made unter Naturschutz und verehrten sie als Gütesiegel.

Die Bürger von Kartoffelhausen werden seitdem uralt und bleiben dabei gesund und glücklich, weil sie nur noch ökologisch hochwertiges Essen zu sich nehmen. Auch gibt es keinen einzigen Sozialhilfeempfänger mehr.

Amor aber heiratete seine Aphrodite und adoptierte ihre siebenjährige Tochter.

Und wenn sie nicht gestorben sind, so erzählen sie sich auch noch heute das Märchen von der Arbeitslosigkeit und dem ganzen Rest.

Danke

an alle, die mir bei diesem Buch geholfen haben. Namentlich: Meiner lieben Kerstin. Lutz, Lidia, Larissa, Ludwig, Lars und Steffi, Conny, Kurt, Brigitte, Katrin, Thomas und Birgit Schucher.

Danke der Bar 227, einer der gemütlichsten Szenebars in Hamburg und Ort meiner ersten Lesungen. Danke auch den Profis von smART PRODUCTion.

Danke für die Ehrlichkeit der mehr als 200 Arbeitslosen, die mir von ihrem Schicksal in den Unterrichtspausen der vielen vom Arbeitsamt vermittelten Bewerbungstrainings, meiner SAP-Umschulung und dem darauffolgenden EDV-Einsteigerkurs erzählt haben.

Danke für die um meine Schlankheit bemühten Mitarbeiter der Arbeitsämter. Ohne deren Unfähigkeit, mir meine Gelder anzuweisen, hätte ich während meiner Umschulung die Gewichtsreduzierung von 80 kg auf 65 kg (ich bin 1,83 m groß) nicht geschafft.

Danke, liebe Arbeitsagentur, auch für Eure Aufforderung zum Schwarzfahren.

Mein besonderer Dank gilt meinem letzten Arbeitsvermittler, der mir durch seine Offenheit sehr geholfen hat: Jedes Fördern und jedes Fordern scheitert. Es gibt momentan keine Arbeit.

Das Leben eines Schriftstellers: Ein romantisches Leben in Straßencafés? Weit gefehlt! Nur ein Fünftel der Zeit beträgt das eigentliche Schreiben. Korrekturen, Lesungen, Kontakt zur Presse, Recherchen für das nächste Buch uvm. beanspruchen viel Zeit.

Ich daher ständig auf der Suche nach guten Kontakten – z.b. nach Leseorten, Nachwuchsmusikern, Sponsoren, Lektoren und mit Blick auf weitere Projekte auch nach Graphikern und nach Menschen mit Erfahrungen vor und hinter der Bühne. Wenn Sie mir helfen wollen: Kontakt über:

www.SEIHARTZ.de

Haben Sie unschöne Erfahrungen mit Ihrem Arbeitsamt gesammelt?

Berichten Sie mir davon. Kontakt über:

www.SEIHARTZ.de